Obra de Gabriel García Márquez
1970

Relato de un náufrago

加西亚·马尔克斯 著

陶玉平 译

一个海难幸存者的故事

南海出版公司

新经典文化股份有限公司
www.readinglife.com
出　品

一个海难幸存者的故事
Relato de un náufrago

没有食物也没有淡水
救生筏上的他在海上漂流了十天
被授予民族英雄称号
得到了选美皇后的亲吻
通过广告大赚一笔
之后遭当局遗弃
被时代遗忘

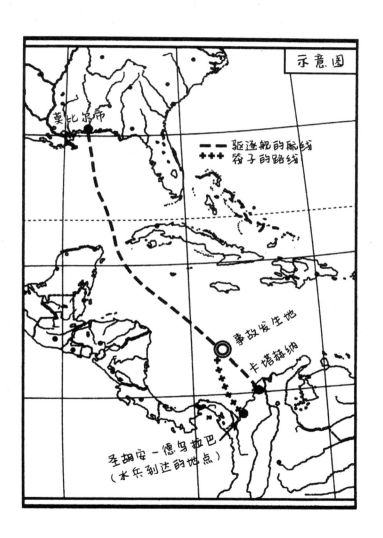

目 录 | *Contents*

故事背后的故事 1

Part 1
我那些葬身海底的朋友们 9
死神的客人

Part 2
我在"狼船"上的最后几分钟 21
舞会开始
寂静无声的一分钟

Part 3
我眼睁睁看着四个伙伴活活淹死 35
仅仅相距三米!
孤身一人

Part 4
我孤身在加勒比海度过的第一夜 47
黑夜无边
每天的日光
海平面上的一个黑点

Part 5

筏子上我有了一个伙伴　　61

他们看见我了!

五点钟鲨鱼来了

筏子上的伙伴

Part 6

救援船和食人族的小岛　　75

我看见了一条船!

七只海鸥

Part 7

一个饿得半死的人的绝望办法　　89

我已经是个死人了

鞋子的滋味如何?

Part 8

为了一条鱼我同一群鲨鱼大打出手　　101

一条鲨鱼跳进了筏子!

可怜我这副躯壳

Part 9

海水的颜色开始有了变化　　113

我的幸运之星

清晨的太阳

Part 10

希望丧失……唯有死亡　　125
"我想死"
神秘的树根

Part 11

第十天，又一个幻觉：陆地　　137
陆地！
可陆地到底在哪儿?

Part 12

复活在异乡的土地上　　149
人的足迹
人、驴和狗

Part 13

六百人簇拥我到达圣胡安　　161
故事终于有人信了
苦行僧的故事

Part 14

大难不死的我成了英雄　　173
一则新闻报道背后的故事
故事里的生意经

故事背后的故事

一九五五年二月二十八日这天，人们得知一条消息，在加勒比海的一次暴风雨中，哥伦比亚海军的卡尔达斯驱逐舰上有八名水兵落水并失踪。这艘军舰在美国莫比尔市经过维修，当时正驶回哥伦比亚港口卡塔赫纳，悲剧发生两小时后，该舰准点到达卡塔赫纳港。对海难者的搜寻工作立即展开，在南加勒比海地区实行警戒并从事其他善举的美国驻巴拿马运河区部队也参与了合作。四天后，搜寻结束，失踪水兵们被正式宣布死亡。然而，又过了一周，他们当中的一位气息奄奄地出现在了哥伦比亚北部一处荒僻的海滩上,他在一只随波漂流的筏子上没吃没喝地度过了十天时间。他的名字叫路易斯·亚历杭德罗·贝拉斯科。事故发生一个月后,他给我讲述的故事以新闻报道的形式在波哥大《观察家报》上刊登,本书即由此而来。

当这位海难幸存者和我一起努力把他这次奇遇一点一点重构起来的时候,我们谁都没有想到,这种详尽彻底的挖掘探询竟让我们卷入一场新的冒险,在国内酿成轩然大波,最终他损失掉的是他的荣耀与前程,而我则差一点送了命。哥伦比亚当时正处在古斯塔沃·罗哈斯·皮尼利亚将军的军事专制统治之下,能让这位将军载入史册的有两桩最为昭著的功绩,一件是下令军队开枪驱散一次和平示威游行,在首都市中心对学生进行屠杀,另一件是,由于在一个星期天的斗牛场上,一群斗牛爱好者朝着独裁者的女儿发出嘘声,他授意秘密警察大开杀戒,遇害人数至今不详。新闻媒体受到监控,反对派报纸每天只能找一些和政治毫无关联的新闻来逗读者开心。在《观察家报》,从事这项高尚的烘焙工作的人有:社长吉列尔莫·卡诺、主编何塞·萨尔加尔和当记者的我。

我们三个人当时都未过而立。

当路易斯·亚历杭德罗·贝拉斯科主动跑来问我们能为他的故事出多少钱的时候，我们恰如其分地接待了他：这已经是一条被炒过很多次的新闻了。军方曾经将他在一家海军医院里软禁了好几个星期，其间他所能接触的只有官方记者，此外只有一位乔装打扮成医生的反对派记者。这个故事已经被拆解拼凑、翻来覆去地讲了许多遍，被加工修补，乃至歪曲颠倒，读者也早已厌倦了这位英雄人物。他出面替手表做广告，因为他那只手表历经风餐露宿分秒不差；他也替鞋做广告，因为他那双鞋结实异常，他几次想把鞋撕烂吃进肚子里都没能成功；诸如此类乌七八糟的广告他接了一大堆。他得了勋章，也在广播上发表过充满爱国激情的演讲，还作为未来一代的榜样上过电视，他在鲜花和音乐的簇拥下逛遍半个国家，给人签字留念，接受各地选美皇后的献吻。他也发了笔小财。我们找了他好多次都不得一见，这次他居然不请自到，可想而知，他已经没多少牛可以吹了，现在准是想编出点儿新花样挣钱，而且哪些能讲哪些不能讲，政府也一定早就给他画好了道道。于是，我们请他从哪个门进来还从哪个门出去。突然，吉列尔莫·卡诺心头灵光闪动，在楼梯那里又追上了他，接受了他的条件，把他交到我的手中。这简直就像是给我手里塞了个定时炸弹。

首先令我惊奇的是，这个二十来岁的年轻人拥有与生俱来的出众的叙事才能。他身材壮实，一张面孔与其说像民族英雄，还不如说像个小号手更为妥帖，他善于综合概括，记忆力极强，还拥有天然的可贵品格，懂得自嘲那些英雄壮举。就这样，我们每天交谈六个钟头，持续了二十天，其间，我一边做记录，一边不时提些迷惑性的问题，看他的叙述中是否有自相矛盾的地方，最后，我们完成了一篇文章，那是对他在海上漂流十日实实在在、清晰扼要的记述。这篇记述如此详尽、扣人心弦，以至于对我来说，唯一有待解决的文学任务就是让读者相信它。出于这个考虑，加上我们认为这样比较合适，我们商定文章使用第一人称，并且署上他的名字。实际上，本次集结成书才使我的名字第一次和这些文字挂上了钩。

而第二件让我惊奇同时也是最重要的事，发生在我们工作的第四天，当时我请路易斯·亚历杭德罗·贝拉斯科给我描述一下引发那起事故的暴风雨。他完全清楚他接下来要说的话字字千金，微微一笑，说道："根本就没有什么暴风雨。"还真是这样：气象部门证实了这一点，那一年的二月是加勒比海上又一个温和晴朗的二月。到那时为止从未在报端披露过的真相是，在波涛起伏的大海上，一阵风使舰船发生了猛烈倾斜，造成了胡乱堆放在甲板上的货物散落，八名水兵落水。这一披露揭示了三个重大失误：首先，驱逐舰上是绝对禁止运输货物的；其次，正是因为超载，这艘军舰没能采取任何措施救援落水者；最后，驱逐舰上运输的都是些走私货：冰箱、电视机、洗衣机。现在问题很明白了，这篇记述，就和那艘驱逐舰一样，带了些不够安全的政治和道德货物，这是我们始料未及的。

这篇故事被分为若干段，一连十四天在报上连载。一开始政府还颇为赞赏，认为他们的英雄终于奉献出一部文艺作品了。接下来，当真相慢慢被披露之后，再想阻止连载的发行，明显会被当作欲盖弥彰的政治手段。报纸的发行量几乎已经翻了一番，报社门前，读者们争相购买漏过的几期报纸，为的是收集完完整整的报道。专制机关，继承了历届哥伦比亚政府的光荣传统，想通过花言巧语来掩盖事实，就此翻篇儿。他们发布了一份严正公告，否认驱逐舰上装载有走私货物。我们则想方设法为我们的指控寻找证据。我们请路易斯·亚历杭德罗·贝拉斯科提供了一份舰上拥有照相机的水兵的名单。尽管他们当中的许多人正在全国各地休假，我们还是找到了他们，并出钱买到了他们在航行途中拍摄的照片。在连载完成的一周之后，我们出了一期增刊，在登出全文的同时，还特别附上从水兵们那里买来的不少照片。从这些拍摄于公海上的朋友们的合影上可以看到，背景中摆放着不容置疑的走私物品的纸箱，上面甚至还可以看见厂家的商标。专制机关面对这一重击，采取了一系列激烈的弹压手段进行报复，最终让我们的报纸在几个月之后关张了事。

路易斯·亚历杭德罗·贝拉斯科承受了巨大的压力，遭遇种种威胁利诱，尽管如此，对这篇记述，他没有否定过哪怕一个字。他被迫离开了海军，那是他过去唯一熟识的工作，而且迅速从公众生活中消失了。两年后，军政府倒台了，哥伦比亚政权又几度易手，表面上更光鲜了，可论起公正来，也未必能好到哪里去。与此同时，我在巴黎开始了我的流亡生涯，时时思念着故土，这倒真有点类似于筏子上的漂流生活。很长时间里都没有人知道那个孤独的海难幸存者后来怎么样了，直到几个月前，才有位记者阴差阳错地在一家公共汽车公司的办公室里碰见了他。我见过那张照片，他年纪大了，有些发福，看得出来，他又有了不少的经历，同时身上也增添了些许沉着安详的气质，那是一个有勇气亲手将自己的雕像炸毁的英雄。

十五年过去了，我没再重读过这篇记述。尽管并不完全明白集结成书有什么用处，我还是觉得它完全值得再一次出版。使我沮丧的是，相比对这篇文字价值的兴趣，出版商们更在意它是由谁的名字发表的，其实我很难过，这个名字恰好属于一个当红作家。这一次它能以书的形式出版，是因为我并没有深思熟虑就同意了，而我又不是一个言而无信的人。

加夫列尔·加西亚·马尔克斯

一九七〇年二月于巴塞罗那

Part 1

我那些葬身海底的朋友们

二月二十二日这天我们接到通知，说是要返回哥伦比亚。我们已经在美国亚拉巴马州的莫比尔市待了八个月，卡尔达斯号驱逐舰在这里修理它的电子系统和武器系统。在舰船维修期间，全体水兵会接受特殊训练。而不用上课的日子里，我们会干一些所有水兵在岸上时都会干的事情：约女朋友去看场电影，然后再到港口一家名叫乔艾·帕洛卡的酒馆，大家聚在一起痛饮威士忌，也时不时起起哄打打架。

我女朋友叫玛丽·埃德瑞斯，是我到莫比尔两个月后通过另一个水兵的女友认识的。尽管她学起西班牙语来一点儿都不费劲，我还是觉得她从来都没有弄明白为什么我的朋友们都把她叫成玛利亚·迪莱克西奥①。一到假日我就会请她去看电影，可她好像更愿意让我请她去吃冰激凌。我们就这样用我的半吊子英语和她的半吊子西班牙语交流，反正不管是在电影院还是去吃冰激凌，我们总能互相听懂。

　　只有一次我不是和玛丽一起去看的电影：因为那天晚上我和伙伴们去看了《凯恩号哗变记》。我们中有些人听说，这是一部讲述扫雷艇上生活的片子，很不错。我们就都去看了。可那部电影里最精彩的并不是扫雷艇什么的，而是那场暴风雨。我们大家一致认为，在那样一场暴风雨里，最恰当的做法就是转变船只的航向，就像那些哗变者所做的那样。可是，不管是我还是那些伙伴们，谁都没有遇过那么大的暴风雨，因此，整场电影看下来，给我们留下最深印象的就数那场暴风雨了。我们回去睡觉时，水兵迭戈·韦拉斯克思还深深沉浸在那部电影之中，想想几天之后我们就要去海上航行，他对我们说道："要是我们碰上那样一场暴风雨会怎么样？"

———————
①在从英语转译为西班牙语的过程中，玛丽（Mary）等同于西语里的玛利亚（María），而埃德瑞斯（Address）在英语里有"地址"的意思，水兵们直接将之换作西语中的"地址"（Dirección）一词，此处音译为迪莱克西奥。

我承认我也被那部电影震撼。八个月来我几乎已经忘记了海上那套生活习惯。我倒不是害怕，因为指导员早就教过我们落水时应该如何自救。可在看完《凯恩号哗变记》的那天晚上，我还是感到心中那阵不安并不寻常。

我并不是说从那一刻起我就对灾难有了什么预感。可是，我从未像这次这样在临近出航的日子里感到如此害怕。小时候在波哥大，我常看连环画，可从来也没有想过会有人淹死在海里。相反，每次想到大海，我总是信心满满。加入海军快两年了，每一次出海航行，我也从未有过任何不安。

不过承认这个也没什么丢脸的，在看完《凯恩号哗变记》后，我心里总有种近乎恐惧的感觉。我仰面朝天躺在自己的铺位上——我睡的是上铺——想念自己的家人，也想着我们回卡塔赫纳的航程，久久不能入睡。我用双手支着头，耳边回响着海水轻轻拍打码头的声音，以及睡在同一间舱房里四十名水兵宁静的呼吸声。在我下铺睡的是一等兵路易斯·任希弗，他的呼噜声大得像吹长号。我不知道他在做什么美梦，可倘若他知道八天以后自己将葬身海底，一定不会睡得这么香。

整整一个星期，我都被这种不安所笼罩。起锚的日子飞快地临近，我一直试图通过和伙伴们聊天来放宽心情。卡尔达斯号驱逐舰已经整装待发。这些天里，我们都情不自禁地谈论各自的家庭，谈论哥伦比亚，也谈及各自回去之后的打算。一点一点地，舰船上装满了我们要捎回家的礼物：大都是些收音机呀电冰箱呀洗衣机呀电炉什么的。我只带了一台收音机。

出发的日子一天天临近，我完全无法排解那种揪心的感觉，于是我做出一个决定：一回到卡塔赫纳，我就脱离海军。我可不想再经受这种航行的风险。出发前一天晚上，我去同玛丽告别，原本是想把自己的担忧和决定一并告诉她的，但后来没那么做，因为我曾向她保证过一定会回来，如果我跟她说以后我不再航行了，她就不会再相信我了。我只向我最要好的朋友、二等兵拉蒙·埃雷拉透露了这个决定，他也对我坦言，说等回到卡塔赫纳他也要脱离海军。拉蒙·埃雷拉和我忧心忡忡，我们约上水兵迭戈·韦拉斯克思一起去乔艾·帕洛卡酒馆喝杯告别威士忌。

本来我们只想喝上一杯，结果一下子喝了五瓶。几乎每晚都和我们厮混在一起的女友也对我们的行程了若指掌，她们决定为我们饯行，要喝个一醉方休，还要痛哭一场以表情义。乐队指挥是个神情严肃的男人，戴了副眼镜，这让他看上去一点也不像个音乐家，他把一组曼波还有探戈曲献给我们，他一定是把这些都当作哥伦比亚乐曲了。我们的女友全都哭了起来，喝了不少一块半美金一瓶的威士忌。

因为最后这个星期发了三回钱，我们决定好好挥霍一番。我是心里有事，想一醉解千愁。拉蒙·埃雷拉则是开心，他一向都开开心心的，他是阿尔霍纳人，打得一手好鼓，还特别擅长模仿各路时髦歌手的演唱。

正当我们快要离开的时候，一个美国水兵走到我们桌前，请求拉蒙·埃雷拉允许他邀请拉蒙的女友跳一支舞，那女伴身材高大，一头金发，是那天晚上喝得最少却哭得最凶的一位——而且哭得真心实意。那美国佬说的是英语，拉蒙·埃雷拉推搡了他一把，用西班牙语回答："你说的我他娘一个字儿也听不懂！"

那算得上是莫比尔市最热闹的一次打斗了，椅子在脑袋上砸得散了架，还惊动了巡逻的警车，来了不少警察。那个美国佬头上吃了拉蒙·埃雷拉重重的两拳。等拉蒙·埃雷拉模仿丹尼尔·桑托斯唱着歌回到军舰上时，已经是凌晨一点了。他说这将是他最后一次登上这艘军舰。实际上，这的确是最后一次。

二月二十四日凌晨三点，卡尔达斯号从莫比尔港起航开往卡塔赫纳。一想到要回家，大家都开心不已。我们每个人都带了些礼品给家人。最开心的要数枪炮大副米格尔·奥尔特加。我觉得米格尔·奥尔特加是最仔细和节俭的水兵。在莫比尔的八个月里，他没浪费过一美元。发下来的每一分钱他都用来给在卡塔赫纳等他的老婆买礼物了。军舰起航的这天凌晨，米格尔·奥尔特加在舰桥上待着，还在讲他老婆孩子的事，这倒不算什么稀罕事，因为他只要一开口就不会说别的。他往回带了一台冰箱、一台全自动洗衣机、一台收音机，外加一个电炉。十二个小时后，米格尔·奥尔特加军士长将会躺在铺位上，晕得天旋地转。而七十二小时之后，他将葬身海底。

16

死神的客人

舰船起航的时候，通常会下达这样一道命令："全体人员各就各位。"这时每个人必须待在自己的岗位上，直到舰船驶出港口。我静静地站在自己的岗位上，面对着鱼雷发射架，眼见莫比尔的灯火消失在雾霭中，可此刻我脑海里想的并不是玛丽。我想的是大海。我知道第二天我们将驶入墨西哥湾，在一年的这个月份里，这条航线不算太平。天亮后我一直没有看见海梅·马丁内斯·迪亚戈中尉，他是舰上的二副，是这次海难中唯一殒命的高级军官。他高大魁梧，寡言少语，我总共也没见过他几次。我只知道他来自托里玛，是个大好人。

不过这天凌晨我见到了一级士官胡里奥·阿玛多尔·卡拉巴约，他是我们的第二水手长，高高的个子，总把自己收拾得利利索索，他从我身旁走过，看了一眼莫比尔逐渐淡去的灯火，便向他自己的岗位走去。我觉得这是我在舰上最后一次看见他。

整个卡尔达斯号上，要说起回家的快乐，谁也比不上士官艾里亚斯·萨博加尔，他是轮机长。他简直就是头海豹，身材矮小，皮肤黝黑，身体很壮实，特别能侃。他四十来岁，我猜这四十年他多半时间都在侃大山。

萨博加尔士官有理由比别人更高兴些。在卡塔赫纳等候他归来的有他老婆和六个儿女。六个儿女中他只见过五个：最小的那个是我们在莫比尔的时候出生的。

直到天亮之前，这趟航行还算是风平浪静。不到一个小时我就重新适应了航行生活。莫比尔的灯火消失在远方，消失在宁静清晨的薄雾中，东方已经能看到缓缓升起的太阳。这会儿我的不安情绪没有了，只觉得很疲惫。我一整夜都没睡觉，嘴里渴得慌，翻上来的全是威士忌的苦味。

早晨六点，我们驶出了港口。这时又有命令下来："撤岗，值勤人员各就各位。"声音未落，我便向卧室舱房走去。我的下铺，路易斯·任希弗已经坐起身来，正揉着眼睛，还没完全清醒。

"我们到哪儿了？"路易斯·任希弗问我。

我告诉他说，我们刚出港。说完我就爬上我的床铺，想好好睡上一觉。

路易斯·任希弗是个十全十美的水兵。他出生在远离大海的乔科，可他血液里流淌着航海之魂。当卡尔达斯号前往莫比尔大修时，路易斯·任希弗还不是这艘舰船的成员。当时他正在华盛顿学习枪炮制造。他严谨好学，英语讲得和西班牙语一样顺溜。

三月十五日，他在华盛顿拿到了土木工程的学位。一九五二年，他在那里和一位多米尼加姑娘喜结良缘。卡尔达斯号大修的时候，路易斯·任希弗从华盛顿赶过来，成了舰上的一员。离开莫比尔前不久，他对我说，一到哥伦比亚，他要做的第一件事就是赶紧安排，把他的妻子迁到卡塔赫纳来。

路易斯·任希弗已经有好长时间没航行了，我敢肯定他会晕船。就在这次航行的第一天凌晨，穿衣服的时候他问我：

"你还没有晕船吗？"

我跟他说没有。然后任希弗说了句：

"再过两三个小时，我就会看见你连舌头都要吐出来。"

"我看你才会这样。"我回敬了他一句。他又说道：

"想看我晕船，那得整个大海都晕了才行。"

我躺在自己的铺位上，竭力想睡一会儿，可这时我的脑海里又出现了那场暴风雨。头一天晚上那种恐惧的感觉又从

我心底升起。我又变得忧心忡忡。我转过身，冲着刚刚穿好
衣服的路易斯·任希弗说：

"还是小心点儿。不要说不吉利的话了。"

Part 2

我在"狼船"上的最后几分钟

"我们已经到墨西哥湾了。"二月二十六日，我起来吃午饭的时候，一个伙伴这样对我说。前一天，我对墨西哥湾的天气着实有些担心。不过驱逐舰虽说有点晃动，前进得还算平稳。我很庆幸自己的担忧只是无端的瞎想，便走到了甲板上。海岸的轮廓早已看不见了。四周只剩下碧绿的大海和蔚蓝的天空。可在甲板中央，枪炮大副米格尔·奥尔特加面色煞白地坐在那里，脸都扭曲了，他在忍受晕船的煎熬。这有一阵子了，在莫比尔的灯火还依稀可见的时候就开始了，按说米格尔·奥尔特加在海上并不是什么新手，可在过去的二十四小时里，他连站都站不起来。

米格尔·奥尔特加在朝鲜待过，在帕迪亚海军上将号护卫舰上服役。他算是经多见广，对海洋可以说再熟悉不过了。可这一回，尽管墨西哥湾风平浪静，他还是得靠人帮忙才能起身去值勤。他就像是奄奄一息了，什么都吃不下去，我们几个和他一起值勤的伙伴要么让他坐在船尾要么让他坐在甲板中央，直到最后命令下来把他送到卧室舱房里去。然后他就趴在铺位上，头朝外，随时准备撕心裂肺地大吐一场。

二十六日夜里，我记得是拉蒙·埃雷拉对我提起，说加勒比海上情况有点儿不妙。按照大家的计算，这一天的后半夜我们就应该能驶出墨西哥湾。我站岗的地方正对着鱼雷发射架，我正满心欢喜地想，就快到卡塔赫纳了。这一夜很亮堂，高高的天穹上满布星斗。我自打进海军起就喜欢辨认星星。这天夜里，卡尔达斯号波澜不惊地驶向加勒比海，我则愉快地做着自己喜欢的事情。

我认为，一个游遍世界的老水手靠船只晃动的不同情况就能判断出这是哪一处海域。我第一次出海时的经历告诉我，此刻已经到加勒比海了。我看了看手表，是夜里十二点半钟。二月二十七日凌晨十二点三十一分。就算船不怎么晃动，我也一样能觉察出这是到加勒比海了。而实际上船晃动得厉害。我这个从来不晕船的人也开始感到不安。我有一种奇怪的预感。不知怎的，我想起了枪炮大副米格尔·奥尔特加，他正在下面的舱房，趴在铺位上，连肠子都快吐出来了。

早上六点，驱逐舰像蛋壳一样晃个不停。路易斯·任希弗躺在我的下铺，没有睡着。

"胖子，"他叫了我一声，"你还没晕船吗？"

我说没有，但我告诉他自己很担忧。我刚才说过，任希弗是个工程师，勤奋好学，是个好水手，他给我列举了种种理由，说卡尔达斯号在加勒比海上没有一丁点儿危险，绝不会出事。"这是一艘狼船。"他这样说道。他还跟我提起，就在这一片海域，二战时这艘驱逐舰还曾击沉过一艘德国潜水艇。

"这舰船稳着呢。"路易斯·任希弗说道。船晃来晃去，我躺在铺位上实在睡不着，他这么一说，我心里踏实了许多。可左舷风越刮越大，我想象着卡尔达斯号在这样的大浪之中会怎么样。就在这时，我想起了《凯恩号哗变记》。

尽管一整天的天气都没什么变化，但我们的航行还算是正常。值勤的时候，我努力想象着到卡塔赫纳之后要做哪些事情。我会给玛丽写信的。我打算每星期给她写两封信，说起写信我这个人从不懒散。自从我加入海军起，我每个星期都会给波哥大家里写信。我还常给奥拉亚街区我的那些朋友邻里写信，都还挺长的。因此我一定会给玛丽写信的，我这样想着，一面还每隔一会儿就算一算还有多长时间才能到卡塔赫纳：还得整整二十四个小时。这是我倒数第二次值勤。

拉蒙·埃雷拉帮我一起把枪炮大副米格尔·奥尔特加弄到了他的床上。他的状态越来越糟了。自从三天前我们驶离莫比尔港，他就什么东西都没吃过。他现在连说话的力气都没有，脸色发绿，整个人都走了形。

舞会开始

船从夜里十点钟开始跳起舞来。二十七日的白天卡尔达斯号也一直在晃动，可比起二十七日的夜里，就不算什么了。我躺在铺位上，为在甲板上值勤的伙伴们担心。我知道，躺在各自铺位上的人也没有谁睡得着。快十二点的时候，我对下铺的路易斯·任希弗说：

"你还没晕船吗？"

正如我所料，路易斯·任希弗也没睡着。不管船怎么颠簸，他的好心情丝毫不减。他答道：

"我不是跟你说过吗，想看到我晕船，那得整个大海都晕了才行。"

这句话他总挂在嘴边。可这天夜里，他几乎来不及把这句话说完。

我先前说过，我心里很不安。我说过这是一种类似恐惧的感觉。二十七日夜半时分，扩音器里传来了对全体船员的命令："全体人员移到左舷。"我的感觉不再是捕风捉影了。

我非常清楚这道命令的意义所在。舰船正在向右舷倾斜，到了危险的程度，需要用我们的体重去恢复平衡。我在海上航行已经两年了，这是第一次对大海真正心存畏惧。上面，海风怒号，甲板上的人员一定都是浑身湿透，瑟瑟发抖。

一听到命令，我立刻从铺位上一跃而起。路易斯·任希弗十分镇静，他站起身来，走向靠左舷的几张空铺中的一张，那是在值勤的人的铺位。我手扶着一张张上下铺，努力想迈开脚步，这时，我忽然想起米格尔·奥尔特加。

他已经动弹不得了。听到命令，他也努力想爬起来，但因为他已经晕得七荤八素，又摔回了床上。我把他扶了起来，安顿到靠左舷的一张床上。他声音低哑、有气无力地对我说，他感觉自己不行了。

"要不我们去争取一下，别让你再去值勤了。"我对他说。

这样说不太合适，可如果米格尔·奥尔特加真的一直躺在他的铺位上，他也不至于死掉的。

二十八日凌晨四点，在船尾集合的我们六个，全都一夜没合眼。这中间有我朝夕相处的伙伴拉蒙·埃雷拉，还有领班的士官吉列尔莫·罗索。那是我在舰上的最后一次值勤。我知道下午两点钟我们就会到达卡塔赫纳。我打算交完班后好好睡上一觉，这样，当晚就可以上岸玩个痛快。离开卡塔赫纳已经有八个月了。清晨五点半钟，我在一个见习水兵的陪同下，去底舱检查了一回。七点钟，我们替换值勤的人，让他们去吃早餐。八点钟，他们又换下了我们。这就是我的最后一班岗。一切都太平无事，只是风越刮越大，浪也越来越高了，浪冲上舰桥，拍打着甲板。

拉蒙·埃雷拉在船尾待着。待在那里的还有头戴耳机的值勤救生员路易斯·任希弗。甲板中央半靠半躺着晕得半死不活的枪炮大副米格尔·奥尔特加。船的这个位置晃动得缓和一些。我和二等水兵埃德瓦尔多·卡斯蒂约聊了几句，他是舰上的仓库管理员，单身，波哥大人，为人很拘谨。我也记不起来我们当时都聊了些什么。我只知道，从那时算起我们再一次碰面是在几小时后，他掉落海水，沉下去了。

拉蒙·埃雷拉正在搜集硬纸板，想用它们把自己遮起来，试图睡上一觉。舰船晃来晃去，卧室里根本睡不成觉。浪越来越猛，越来越高，一次次涌上甲板。我和拉蒙·埃雷拉在船尾绑得结结实实的冰箱、洗衣机和电炉之间找个地方妥妥地躺了下来，我们可不想被打上来的浪头卷走。我仰面躺着，看着天空发呆。这样躺着的时候，我心里踏实了一些，心想过不了几个小时，我们就能到卡塔赫纳海湾了。没有什么暴风雨；天气十分晴朗，能见度很好，天空蓝得透亮。这会儿我也不觉得鞋子打脚了，刚才交班之后，我换了双胶鞋。

寂静无声的一分钟

路易斯·任希弗问我几点钟了。十一点半。一个小时了，舰船一直倾斜着，朝着右舷倾斜得很厉害。扩音器里又传来了昨天夜里发布过的命令："全体人员移到左舷。"我和拉蒙·埃雷拉没有动弹，因为我们本来就在左边待着。

我想起了米格尔·奥尔特加，不久前我还在右舷见过他，就在这时，我看见他晃晃悠悠地走了过来，靠着左舷躺下了，依然晕得死去活来。这时，驱逐舰突然令人恐惧地歪了一下；有点失控。我屏住了呼吸。一个巨浪向我们袭来，我们全身都湿透了，就像是才从海里被捞上来的一样。过了好一会儿，驱逐舰才好不容易恢复到正常的位置。路易斯·任希弗站在岗位上，脸色发青。他紧张地对我们说道：

"真见鬼！这条军舰失控了，控制不住了。"

这是我头一次看见路易斯·任希弗紧张。在我身边，拉蒙·埃雷拉若有所思，他也是浑身上下没一块干地方，依然是一声不吭。一时间，四下里一片寂静。过了一会儿，拉蒙·埃雷拉开口说：

"只要上头一发命令说砍断缆绳，让装的这些货滚下水里，我头一个就去砍。"

这是十一点五十分的事。

我也这么想，迟早他们会发出这样的命令，把绑着货物的绳索砍断。这种做法有个名字，叫"减轻负荷，轻装前进"。只要命令一下，收音机呀冰箱呀电炉呀全都会滚进海里。我想，真到那个时候，我就得下到舱房去，因为虽说在船尾也很安全，可那是因为我们躲在了冰箱和炉灶中间。一旦没了这些东西，随便一个大浪就能把我们卷到海里。

舰船继续在波涛中挣扎前行，可倾斜得越来越厉害了。拉蒙·埃雷拉将一块篷布卷了卷，把自己裹了起来。我们都用篷布盖住了自己，又一个大浪，比刚才那个要大得多，直冲着我们扑来。我用双手护住脑袋等大浪过去，半分钟后，扩音器又沙沙响了起来。

"这回准是要求砍断缆绳。"我想。可传来的却是另外一道命令，那声音坚定自信，不慌不忙："所有在甲板的人员，请套上救生圈。"

路易斯·任希弗无比镇静，他一只手扶住耳机，用另一只手去套救生圈。而我，每一次大浪过后，总会先感到一片真空，接下来是一阵寂静。我看见路易斯·任希弗已经套好了救生圈，又重新把耳机戴好。于是我闭上双眼，耳边清清楚楚地听到了我的手表嘀嘀嗒嗒的声音。

我听了差不多一分钟手表的声音。拉蒙·埃雷拉一动也不动。我估摸着时间是差一刻十二点。离到达卡塔赫纳还有两小时航程。有那么一瞬，驱逐舰仿佛悬在了空中。我抽出手来想看看几点了，可我既没看见手臂，也没看见手，更没看见手表。我甚至连浪也没看见。我只觉得这艘船完全失控了，我们藏身其中的那些货物一下子都滚了起来。说时迟那时快，我刚站起身来，海水已经没到我的脖子。我两眼瞪得溜圆，看见了路易斯·任希弗，他脸色铁青，牙关紧咬，想从水里探出身来，手里还高高举着耳机。这时，海水漫过了我的头顶，我急忙朝上方游去。

我朝着上方游去，竭力想浮出水面，一秒、两秒、三秒钟过去了。我还在拼命朝上方游着。气不够了。我快要窒息了。我竭力想抓住一件货物什么的，可那些货物都不见了。我的周围什么都没有。浮出水面时，我朝四下里看去，唯有茫茫大海。一秒钟之后，在离我一百米开外的地方，在波浪中，舰船露了面，它四面八方都在向外淌水，活像只潜水艇。直到此刻我才明白，自己落水了。

Part 3

我眼睁睁看着四个伙伴活活淹死

我第一个印象便是，在茫茫大海之中，只有我孤零零的一个人。我努力漂浮在水上，只见又一个大浪涌向驱逐舰。这时，它离我所在的地方已有二百米远，陷入波谷，从我视线中消失了。我想，它恐怕是沉下去了。过了一会儿，就仿佛是为了验证我的想法，我的四周一个接一个地漂起了无数货箱，都是驱逐舰在莫比尔装上的货物。我漂浮着，身边是装着衣服、收音机、冰箱和各式各样家居用品的箱子，被浪冲得七上八下。一时间，我对究竟发生了什么事没有任何概念。恍惚中我抓住了一只漂浮着的箱子，傻傻地看着大海。天气无比晴朗。没有任何迹象能显示这里发生过一场海难，除了海风中起伏的巨浪，以及那些四散漂浮在海面上的箱子。

突然，我听见近处有叫喊声。透过凄厉的风声，我清清楚楚地辨认出那声音来自胡里奥·阿玛多尔·卡拉巴约，就是那个高高个子、总把自己收拾得利利索索的第二水手长，他正冲着什么人叫喊：

"抓住那里，从救生圈底下抓住了！"

这时，我才像是从一个短暂而深沉的梦中惊醒过来。我意识到落进海里的不止我一个人。就在那里，就在离我几米远的地方，我的伙伴们在努力划水，互相呼唤着。我迅速盘算了一下。眼下我不能毫无方向地游动。我知道我们离卡塔赫纳只有不到二百海里远，可我完全失去了方向感。这会儿我倒还没怎么害怕。有一会儿我甚至想，我可以就这么抓住这只箱子一直漂下去，直到救援到来。一想到在我周围还有其他水兵和我处在同样的境地，我心安了不少。也就是在这个时候，我看见了那只救生筏子。

筏子一共有两只，并排漂着，相距差不多七米远的样子。它们是突然出现在一个波浪的波峰之上的，就在那几个互相呼唤的伙伴们那边。奇怪的是，他们中没有一个人游到了筏子旁边。转眼间有一只筏子从我视线里消失了。我犹豫了片刻，是冒风险向另外那只游过去呢，还是老老实实地抓住这个箱子不动。不过，在我做出决定之前，我就已经朝那只能看见的筏子游过去了，而它也在越漂越远。我游了差不多三分钟。有一阵子我无法看见它，但我尽量认准方向。猛地一个浪打来，那筏子竟来到了我身旁，白色的，很大，里面什么都没有。我用力一把抓住边上的把手，想翻进筏子里去。一直试到第三次才成功。上了筏子，我气喘吁吁，寒风无情地鞭笞着身体，我好不容易才坐起身。这时我看见筏子周围有我三个伙伴，正努力朝这边游来。

我立刻就认出了他们。仓库管理员埃德瓦尔多·卡斯蒂约正紧紧搂着胡里奥·阿玛多尔·卡拉巴约的脖子。后者出事的时候正在值勤，身上套着救生圈，正高声喊道："卡斯蒂约，抓牢点儿。"他们在货物中间漂浮着，离我有十米左右的距离。

路易斯·任希弗在另外一边。几分钟前我还在驱逐舰上见过他，这时他右手还举着耳机，竭力想浮起来。他镇静如常，带着那种要他晕船得整个大海先晕的好水手的自信，已经脱掉了衬衫，以方便游泳，可他身上的救生圈不见了。我就算没看见他的身影，也能从他的喊声里辨认出他来：

"胖子，往这边划。"

我急忙抓起船桨，尽量向他们靠拢。胡里奥·阿玛多尔，以及紧紧挂在他脖子上的埃德瓦尔多·卡斯蒂约，离筏子越来越近了。再远一些的地方，我还看见了第四个伙伴，拉蒙·埃雷拉，身影小小的，只他一个，一只手抓住一只箱子，另一只手冲我打手势。

仅仅相距三米！

当时若要我抉择的话，我还真不知道先救哪一个伙伴为好。可一看见拉蒙·埃雷拉（就是那个在莫比尔大闹了一场、来自阿尔霍纳的快乐小伙子，几分钟之前他还和我一起待在船尾），我就立刻拼命地划起桨来。可这只筏子有将近两米长，在这怒海之上显得十分沉重，而且我还是顶风划行。我觉得划了半天，只前进了一米不到。我心中无比绝望，又向四下里看了看，这时水面上已经见不着拉蒙·埃雷拉了。只有路易斯·任希弗还在坚定不移地向筏子游着。我坚信他一定能游到筏子跟前来。我听过他在我下铺发出的如雷鼾声，我相信，他身上的那种镇定一定能使他比大海更强大。

这时，胡里奥·阿玛多尔正竭尽全力不让埃德瓦尔多·卡斯蒂约松开自己的脖子。他们离筏子不到三米远。我想，只要他们能稍微再靠近一点，我就可以把一根船桨伸过去让他们抓住。可就在这个时候，一个大浪打来，筏子被抬到了半空。从那个巨大的波峰之上，我看见了驱逐舰的桅杆，它正在离我们而去。等我重新落下来的时候，胡里奥·阿玛多尔，连同挂在他脖子上的埃德瓦尔多·卡斯蒂约，两人都不见了踪影。只剩下路易斯·任希弗还在两米远的水中镇静地向筏子游着。

我也不知道自己为什么做了这件荒唐事：明知划不动筏子，我还是把桨插进水里，好像是想让筏子别晃来晃去，让它就这么钉在原地。路易斯·任希弗实在累得不行了，他停下来歇息了一会儿，扬起一只手，就仿佛还举着那副耳机似的，他又对我高声喊道：

41

"往这边划，胖子！"

风是从他那边吹过来的。我高声对他说顶风划不动，让他再加一把劲。可我感觉他根本听不见我的话。那些货箱都已经不见了，在波浪冲击下，筏子团团乱转。有那么一小会儿，我离路易斯·任希弗有五米远，他又从我眼前消失了。可他又从另一侧露出头来，他还没有慌乱，为了不被浪头卷走，还时不时没进水里。我站起身子，把船桨伸出去，希望路易斯·任希弗再游近一点儿，能抓住这支桨。可这时我看得出来，他已经精疲力竭，失去信心了。沉下去的时候他又一次向我高喊：

"胖子！胖子！"

我使劲划着，可……还是一点用都没有，和先前一模一样。我做出最后一次努力，想让路易斯·任希弗抓住船桨，可是这一次，那只曾经高高举起、那只几分钟前还高举耳机不让它沉没的手，在离船桨不到两米的地方，永远地沉了下去……

我不知道自己有多长时间就这样站立着，在筏子上竭力保持着身体平衡，手里还举着那支船桨。我一遍遍地察看水面，心里盼望着能有人再露出来。可海面干干净净，什么也没有，风越刮越猛，咆哮着鼓起我的衬衫。货箱也都不见了。驱逐舰的桅杆越来越远，它告诉我，船并没有像我一开始想的那样沉没了。我平静了下来：我想，过不了多久他们就会回来找我的。我想，说不定有哪位伙伴上了另一只筏子。这完全是有可能的。筏子上没有任何给养，事实上，这条驱逐舰上的救生筏都没有配备给养。可舰上总共有六只筏子，此外还有几只划艇和捕鲸艇。我相信会有伙伴像我一样抓住了一只筏子，这很合理，也许驱逐舰现在正在寻找我们呢。

突然，我觉得有阳光照在自己身上。那是正午的太阳，热辣辣的，闪亮刺目。我还没有完全醒过神来，茫然中看了看手表。十二点整。

孤身一人

路易斯·任希弗在驱逐舰上最后一次问我时间，是在十一点半。我后来又看过一次表，十一点五十，那时还没有出事。在筏子上我再一次看表的时候,时间是十二点整。原来,从我在驱逐舰舰尾最后一次看表,到爬上筏子,试图救起我的伙伴们,到现在一动不动地站在筏子上,看着空旷的大海,听着凄厉的风声,这一切都发生在十分钟之内,我却以为已经过去了很长很长的时间。我想,等到有人来救,起码得要两三个小时吧。

"两三个小时。"我这么盘算着。在我看来,对一个孤苦伶仃地待在海上的人来说,这段时间简直长得无法忍受。可我得尽量忍耐。没吃的也没喝的,我估摸着到下午三点,自己就会渴得喉咙里冒烟。太阳在头顶上炙烤着,我的皮肤被盐一腌,再被阳光一晒,变得又干又硬。落水时帽子弄丢了,于是我索性把头浇湿,在筏子边上坐了下来,静等救援。

直到此刻,我才感觉到右膝疼痛难忍。厚厚的蓝斜纹布裤子已经湿透了,我费了好大劲才把裤腿卷到膝盖上面。卷上去之后,我吓了一大跳:在我膝盖下方,有一道深深的月牙形伤口。我也不知道是碰到舰船的舷边磕破了还是落水时受的伤。我直到在筏子上坐下来才感觉到自己受了伤,虽说伤口还有点儿火辣辣的疼,但已经干了,也不流血了,我想可能是海水里盐的作用。我无所适从，便开始清点自己身上的东西。我得弄清楚，就这样孤身一人漂在海上，自己都有些什么装备。首先，我有只手表，它走得很准，我每隔两三分钟便忍不住要看看时间。我还有枚金戒指，那是我去年在卡塔赫纳买的，以及一条挂着卡尔曼圣母像的项链，依然是在卡塔赫纳，我从一个水手那里花了三十五个比索买来的。我的衣袋里只有驱逐舰上我的衣物柜的钥匙，还有就是一月份在莫比尔，我和玛丽·埃德瑞斯在一家商场里买东西时，有人塞给我的三张名片。反正也无事可做，我便读那几张名片消磨时间，等人来救我。不知为什么，我觉得那些名片就像是海难中落水的人装在瓶子里扔进大海的漂流信。那会儿我要是真有一只瓶子的话，我也一定会把一张卡片塞进去，走走遭难水手的求救流程，这样，等我这天晚上到了卡塔赫纳，也能对朋友们讲讲逸事逗逗乐。

Part 4

我孤身在加勒比海度过的第一夜

风是下午四点钟停的。放眼望去一片水天茫茫，没有任何参照物，因此，过了两个小时我才发现筏子在前进。其实，自从我上了这只筏子，它就一直在风的推动下笔直前行，速度恐怕比我用桨划行还要快得多。可我对行进的方向和此时的位置一无所知。我不知道这筏子是在向岸边驶去，还是在漂向加勒比海深处。我觉得多半会是后者，因为我始终认为，大海不大可能把一个离岸二百海里的东西推向岸边，更何况这东西还死沉死沉的，比如是一只筏子，筏子上还载着一个人。

最初的两个小时，我一直在心里追随着驱逐舰每一分钟的航程。我想，他们已经给卡塔赫纳发过电报了，也一定报告了事故发生的准确位置，那么，接到消息后岸上的人就会派出飞机和直升机来救我们。我算了算时间：不出一个小时，就会有飞机来到这里，在我头顶盘旋。

下午一点，我坐在筏子上注视着海平面。我卸下了三支船桨，放在筏子里，准备等飞机到来时迎着它们划过去。每一分钟都漫长而紧张。太阳炙烤着我的脸庞和后背，嘴唇由于沾了盐而开裂，火辣辣地疼。可这时的我既不觉得渴也不觉得饿。我唯一的需求就是飞机赶紧出现。我已经计划好了：一旦看见飞机，我就尽力朝它们划去，接下来，等它们飞到我头顶上的时候，我要在筏子上站立起来，用我的衬衫向它们发出信号。为了做好准备，不耽误哪怕一分钟，我把衬衫扣子全解开了，坐在筏子边上，四下里搜寻观察，因为我对飞机会从哪个方向钻出来完全没有概念。

就这样到了下午两点。风还在呼啸，风声里我还能听见路易斯·任希弗的声音："胖子，往这边划。"这声音我听得清清楚楚的，好像他就在那里，就在两米开外，尽力想抓住船桨。可我知道，当海上有风在呼啸的时候，当巨浪撞击着悬崖的时候，人们总是会把记忆中的声音当成真实的声音。

50

这声音会久久不散，迷人心智："胖子，往这边划。"

到三点钟的时候，我开始绝望。我知道，这个点驱逐舰应该已经停靠在卡塔赫纳的码头上了。我的伙伴们，满怀着归家的喜悦，不一会儿便都会融入城市的大街小巷。我有种感觉，他们不会忘记我，这个念头给了我力量和耐心，我坚持到了四点钟。就算他们没发电报，就算他们没有发现我们落水，到了这个时候，当舰船停靠码头，全体船员到甲板上集合时，他们也总该发现了吧。最晚应该在三点钟，他们会立刻发出通知的。就算飞机起飞前再耽搁一段时间，半个小时之内它们也总该往这边飞过来了吧。这么说四点钟——最迟四点半，飞机就应该在我头顶上盘旋了。我继续观察着海平面，直到最后风停了，我只觉得自己被一片无边的沉默所包围。直到这时，路易斯·任希弗的叫喊声才从我的耳边消失。

黑夜无边

一开始，我简直无法想象孤零零的一个人在海上待三个小时。可到了五点钟，已经过去五个小时了，我反倒觉得再等上一个小时也不成问题。太阳慢慢落了下去，在天边显得又大又红，这时我才算找到了方向。我总算知道飞机会在哪个方向出现了：太阳在我右手边，我就朝正前方看去，一动也不敢动，目光一刻也不敢离开，眼睛都不敢眨，就这样面对着我感觉中卡塔赫纳的方向。看到六点钟，我两眼又酸又疼，可我仍然坚持盯着。甚至天变黑了，我还在顽固地坚持着。我很清楚那会儿已经看不见飞机了，但我总能在听见马达的轰鸣前看见那些红红绿绿的灯光朝我飞来吧。我一心想着那些灯光，全然忘记了黑夜中飞机完全不可能看见我。天空突然变成了一片赤红，我继续盯着海平面。后来，天空又变成了深紫色，我依然在搜寻。在筏子的一侧，第一颗星星出现了，像颗黄色的钻石，一动不动地挂在暗紫色的天空中。这像是一个信号，随即夜晚降临，浓重而巨大的夜幕笼罩住了整片大海。

当我发现自己已经深深陷入黑暗，那种伸手不见五指的黑暗时，心里升起的第一个感觉就是无法控制的恐惧。通过海水拍打筏子的声音，我知道筏子还在慢慢地不知疲倦地继续前行。在漆黑夜色的包围中，我感觉到比白天更加强烈的孤独。黑暗中我坐在筏子里，看不见筏子，只能感觉到它就在我身下，无声无息地在深沉的大海上滑行，海面下充斥着奇特的生物。我感到无比寂寞。为了驱走这种寂寞感，我看了看手表表盘。差十分钟到七点。又过了好久，我觉得应该过了两三个小时吧，手表显示七点还差五分钟。当分针指向十二这个数字时，七点整了，天上布满了繁星。可在我的感觉里，好像已经过去了好长好长时间，天都应该快亮了才对。绝望之余，我只好继续想着飞机。

我开始有点儿冷了。想要在筏子上保持哪怕一分钟的干燥也是种奢望。就算你坐在筏沿上，下半身也都在水里泡着，因为筏子的底部就像一只挂在水里的篮子，吃水部分深达半米。八点时，海水比空气稍稍暖和一点。我知道待在筏子里面能让我免遭海洋生物的袭击，因为筏底有保护网把它们隔开。学校里是这么教的，在学校里你也就这么相信了，可那时的情况是：指导员在一个缩小了的筏子模型上做示范，时间是下午两点，而你坐在木凳上，身边还有四十个同学。如今，在晚上八点，当你孤零零的一个人在海上，没有任何希望，

53

你就会觉得指导员的话毫无道理可言。我知道自己有半个身子泡在一个不属于我们人类、只属于海洋生物的世界里，虽说冰冷的风一阵阵地抽打着我的衬衫，我还是没胆量从筏沿上挪开。按照指导员的讲法，筏沿是最不安全的地方。可不管怎么说，只有坐在那里我才觉得自己离那些生物稍远一点：那些巨大的未知的怪物，我能听见它们正神神秘秘地在筏子四周游动。

那天夜里我费了好大劲才找到小熊星座，因为它淹没在密密麻麻无边无际的星斗之中。我有生以来从没见过那么多的星星。整个天空都布满了星星，几乎没有留白处。我找见小熊星座后，就不敢再看别的地方。也不知道为什么，眼里有了小熊星座，我的孤独感减轻了许多。在卡塔赫纳时，每当有了假期，我们常常在清晨时分坐在曼加桥上，听拉蒙·埃雷拉模仿丹尼尔·桑托斯唱歌，还有人用吉他为他伴奏。坐在石桥的栏杆上时，我总能在珀帕山那个方向找到小熊星座。那天夜里，我坐在筏沿上，仿佛回到了曼加桥，拉蒙·埃雷拉就在我旁边，在吉他伴奏声里唱着歌，仿佛小熊星座也并不在离陆地两百海里的远方，而就在珀帕山的上方。我想象在此刻，卡塔赫纳一定也有人正眺望着小熊星座，就如同我在海上看着它一样，我的孤独便少了几分。

我在海上的第一夜显得尤其漫长，也因为那天夜里什么事都没有发生。根本无法用语言形容在筏子上的这样一个夜晚，没有任何事情发生，你心中满是对那些未知生物的恐惧，此外，你还有一只夜光表，你随时都在看时间。二月二十八日的夜晚，在海上度过的第一夜，我每一分钟都在看表。那完全是一种折磨。绝望中，我发誓不再这么干了，想把它摘下来装进衣兜里，免得总去操心几点钟了。我坚持到了八点四十。我倒也不渴不饿，坚信自己一定能等到第二天飞机到来。可我又一想，这样下去这只手表就会把我弄疯的。深陷焦虑的我把表从手腕上摘下来，打算把它塞进衣兜里，可把表拿在手上的时候，我转念一想，还不如把它扔进大海一了百了。我犹豫了片刻，然后心中一阵恐惧：我想，没了手表我会更加孤独的。于是我又把表戴回手腕，继续每过一分钟就看一下时间，就像那天下午我瞭望海平面等候飞机时一样，最后看得两眼酸疼。

十二点以后，我很想哭。我一秒钟都没睡，而且一点儿也不想去睡。就像下午我期望能在海平面上看见飞机一样，夜间，我一直在寻找船舶的灯光。我久久地在海上搜寻；大海平静，辽阔，沉默，可我终究没能找到哪怕一盏和天上的星星不一样的灯火。

凌晨时分，天更冷了，我感觉前一天下午的阳光浸透了我的皮肤，我的身体在发出荧光。天越冷，这荧光反倒越亮。午夜过后，我的右膝开始疼痛，好像海水渗进了骨头里似的。可这些感受都非常遥远。我的注意力远不在自己的身体上，我在意的是过往船舶的灯光。我想，在那无穷无尽的孤寂中，在那黑色大海的呢喃中，只要看见一条船上的灯火，我就会发出一声大吼，不管相距多远都能被听到。

每天的日光

天亮的过程不像在陆地上那么慢。天空的颜色淡了下来，星星开始消失不见，我还是一会儿看看手表，一会儿看看海面。逐渐能看清海的轮廓了。已经过去了十二个小时，这在我看来是件根本不可能的事。夜晚是不可能跟白天一样长的。你必须在大海上度过一个夜晚，而且得坐在一只筏子上，不断地看手表，才会知道其实夜晚比白天长得多。还有，天说亮就亮，你会厌倦地知道又是另外一天了。

这就是我在筏子上过完第一夜的感受。天空开始发白的时候，我觉得什么都无所谓了。我既不想喝水也不想吃东西。我什么都不去想，直到海风变得暖和，海面也变得平平展展、金光灿烂。这一整夜，我一秒钟都没合眼，可这一刻我觉得自己是刚刚从梦中醒来。我在筏子上伸了个腰，浑身上下的骨头都酸疼酸疼的，皮肤也有灼烧感。可白天毕竟是亮堂堂暖洋洋的，阳光明媚，海风渐起，仿佛在低声细语，我又重新鼓起力量，再继续等下去。坐在筏子里，我觉得很祥和宁静。在我有生以来的二十年里，我第一次感到无比幸福。

筏子还在继续前行，我说不准它在夜里到底走了多远的路，可海平面没有一丝一毫的变化，就仿佛这筏子连一厘米都没挪动过。早上七点钟，我想起了驱逐舰。这会儿是早餐时间了。我想象着伙伴们坐在餐桌边吃苹果。接下来还会有鸡蛋。然后是肉。再然后是面包和加了牛奶的咖啡。我嘴里涌满了口水，胃也有点拧着疼。为了岔开这些念头，我把身体浸到筏子底部的水里，只露出脑袋。被晒得热乎乎的脊背泡进凉凉的海水里，我觉得自己强壮又轻松。我就这样在水里泡了好长时间，一面质问自己，干吗要和拉蒙·埃雷拉一起跑到舰尾，而不是回去躺在自己的铺位上。我回忆着这场悲剧的每一分钟，认为自己真是个傻瓜。莫名其妙地，我成了一名落难者：又不该我值勤，我完全没必要待在甲板上。我想，这一切恐怕都是因为运气不好，这么一想，我又有些伤感。可看了看手表后，我又平静了下来。白天过得真快：已经是十一点半了。

海平面上的一个黑点

快到正午时，我又一次想起了卡塔赫纳。我想，他们不可能不知道我失踪了。然后我竟为自己爬上了筏子而后悔，因为有一阵子我猜测伙伴们都已经获救了，唯一一个漂在海里没着没落的就是我，因为筏子被风吹远了。我甚至认为爬上筏子是走了霉运。

　　还没等我想得更远，海平面上似乎出现了一个黑点。我翻身爬起，两眼直勾勾地盯住那个前进中的黑点。这时是十一点五十分。我全神贯注地盯着，一时间，整个天空都光点缭乱。但那个黑点还在继续前进，直朝着筏子的方向飞来。发现它两分钟后，我已经能清清楚楚地看见它的形状。在闪亮蔚蓝的天空中它越飞越近，射出刺眼的金属光芒。在一片光点当中，慢慢地它的模样越来越清晰了。我脖子酸疼，两眼也无法忍受天空的光亮。可我还在注视着它：它闪着光，速度飞快，直冲着筏子飞来。那一刻我反倒没觉得多开心，我没有那种情绪爆发的感觉。站立在筏子上，随着飞机越飞越近，我只觉得异常清醒，十分冷静。我慢慢地脱下衬衫。我心中十分清楚什么时候是用衬衫打出信号的最佳时机。我手拿衬衫，等了一分钟，两分钟，等飞机离我再近一点。它朝着筏子飞来。我举起胳膊开始摇晃衬衫的时候，清楚地听见了它的发动机越来越大的震耳欲聋的轰鸣，盖过了波涛的声音。

Part 5
筏子上我有了一个伙伴

我激动地挥舞了衬衫至少五分钟时间。可很快我就明白自己搞错了：飞机并不是朝着筏子飞来的。在我看着那个黑点的时候，我以为它会从我头顶飞过。实际上它飞行的线路离我很远，而且从它飞行的高度也根本不可能看见我。然后它拐了一个大大的弯，往回飞去，又慢慢消失在了天空中它曾经现出身影的那个方向。我站立在筏子上，不顾烈日的炙烤，眼睛盯着那个黑点，脑子里一片空白，直到它完全从海平面消失。这时我才重新坐了下来。我觉得倒霉透了，可还没有完全丧失希望，便决定采取措施保护自己免受日晒。我首先要做的就是不要让自己的胸肺被阳光直晒。这时是正午十二点。我已经在筏子上度过了整整二十四小时。我贴着筏沿仰面躺下，把打湿的衬衫盖在脸上。我不能睡着，因为我知道一旦在筏沿睡着了，会有什么样的危险。我还在想那架飞机的事：我不能肯定它是来找我的，而且我也认不出它是哪里的飞机。

躺在筏沿上，我第一次感到干渴难耐。开始是口水越来越黏稠，后来是嗓子眼发干。我想喝一点儿海水，可又知道那是对身体有害的。再过一会儿吧，实在不行就少少地喝上一点。接着，我就把口渴忘在了脑后，因为突然，就在我的头顶，传来另一架飞机发动机的声音，压倒了波涛声。

我激动极了，从筏子上支起身子。飞机从之前那架飞机飞来的方向越飞越近了，这一架真的是直直地朝着筏子飞来的。就在它越过我头顶上空的时候，我再次挥动起衬衫。可这架飞机还是飞得太高。它离我太远了，就这样飞过去，最终消失了。后来它也拐了个弯，我看见了它在天空中的侧影，然后它就沿着来的方向飞走了。我想，这说明他们正在寻找我。于是我坐在筏沿上，手里紧握着衬衫，等待着别的飞机飞来。

通过飞机我弄清了一件事：它们总是从同一个地点来又飞回同一个地点去。这意味着那边就是陆地。我现在总算知道该朝哪边划行了。可怎么划呢？就算这筏子夜里前进了不少路程，可它离岸边还远得很呢。虽然我弄清了陆地的方向，可是要划多长时间才能靠岸，我就一点也不知道了，另外，太阳已经把我的皮肤晒起了泡，我又饿得胃发痛。尤其是我非常口渴。连呼吸都越来越困难了。

十二点三十五分，我甚至都没太注意，有一架黑色的大飞机飞了过来，机身携带着水面上起落用的浮筒，轰隆隆地从我头顶飞过。我不禁心头一动。我清楚地看见了它。这天光线很好，我可以一清二楚地看见驾驶舱里有人伸出头来，用一副黑色望远镜观察着海面。它飞得那么低，离我那么近，我好像感觉得到它强力的发动机叶片扇起一股风，掠过我的脸庞。我看得清它机翼上的字：这是一架运河区海岸警卫队的飞机。

当它轰鸣着向加勒比海深处飞去时，我再没有一丝一毫的怀疑了，那个拿望远镜的人肯定看见我挥动衬衫了。"他们看到我了！"我高声喊叫起来，手里还不停地挥动衬衫。

我激动得忘乎所以，在筏子上跳了起来。

他们看见我了！

　　不到五分钟，那架黑飞机又飞了回来，高度和上一次差不多。它机身朝左倾斜着，透过这一边的窗户，我又清清楚楚地看见了那个拿望远镜搜索海面的人。我又一次挥舞衬衫，这回心里不再那样绝望了。我平静地挥动着，不像是在请求帮助，倒好像是在对发现我的人表示热情的问候，并感谢他们。

　　我觉得那飞机的位置越来越低了。有一阵子它几乎要擦着水面直直地向我飞来。我想它是要在水上降落了，便准备朝它降落的地点划去。可过了一会儿，它又重新拉升，转了个弯，第三次从我头顶上空掠过。这一回我没有再使劲地挥动衬衫。我想等它飞到筏子上空再说。我对着飞机打出简单的信号，想等它再飞回来，再飞低一点儿。可事情的发展和我的预想恰恰相反：它迅速爬高，又从飞来的方向消失了。这回我没有什么担心的理由。他们肯定看见我了。飞机飞得那么低，又刚好从筏子上空飞过，他们不可能看不见我。我放下心来，一点都不担忧，满心欢喜地坐下等待着。

我足足等了一个小时。我得出了一个重要结论：先前那几架飞机来的方向毫无疑问是卡塔赫纳。那架黑色飞机消失的方向应该是巴拿马。我算了算，如果沿直线划动筏子，就算被风稍稍吹偏一点方向，我很可能能划到托卢温泉度假区，它大致是那些飞机消失的两个方位的中点。

我计算过了，一个小时之内就会有人来救我。可一个小时过去了，什么都没发生，蔚蓝色的大海还是那样清澈而宁静。又过去了两个小时。很多个小时过去了，我在筏沿上，一动也不想动。我神经高度集中，两眼一眨不眨，搜寻着海平面。下午五点钟，太阳开始落下了。我还没有完全失望，可已经感到了不安。我敢肯定，那架黑色飞机上的人看见我了，可我无法向自己解释，为什么过去了那么长时间，还没人来救我。我的喉咙干渴难当，呼吸也越来越困难，漫不经心地观察着海平面。突然，不知缘由地，我猛地弹起，摔进了筏子中央。一条鲨鱼的背鳍，缓缓地，好像是在寻找什么猎物，从筏子一边擦了过去。

五点钟鲨鱼来了

这是我在筏子上待了几乎三十个小时里看见的第一个活物。鲨鱼的背鳍让人恐惧无比，因为谁都知道这些家伙的凶狠。可实际上，没有比鲨鱼背鳍显得更无害的东西了。它一点也不像是动物身上的某一部分，更别提是凶猛动物了。它颜色有点儿发绿，很粗糙，像块树皮。当我看见它从筏子旁边滑过去的时候，我有种感觉，这东西咬在嘴里应该很凉爽，带点儿苦味。这时已经过了五点。黄昏时分的大海一片宁静。又有几条鲨鱼游到了筏子旁边，它们不慌不忙，来回转悠，直到天完全黑下来。那时海上什么光亮都没有了，可我能感觉到它们在黑暗中游弋，用它们的背鳍划破宁静的水面。

从那一刻起，我就再也没有在下午五点过后坐在筏沿上。第二天，第三天，一连四天时间里，我充分体会到鲨鱼是一种很守时的动物：它们五点一过就会到来，直到天黑才会离去。

黄昏时分，清澈的大海就是一幅美丽的画卷。五颜六色的鱼都游到了筏子跟前。硕大无比的黄鱼和绿鱼，还有红蓝条相间的鱼，圆滚滚的，或小巧玲珑的，都来陪伴我这条筏子，直到夜色降临。有时会亮起一道金属光泽的闪电，筏子旁的水面就会涌出一股带血的水柱，接着就漂起被鲨鱼咬得稀碎的鱼块。这时会有无数的小鱼游过来争抢这些残存的碎片。这种时候，如果能吃上鲨鱼的残羹，哪怕只是最小的那一块，即便要出卖自己的灵魂我都愿意。

那是我在海上度过的第二个夜晚。饥渴难当，失望已极。在只能寄希望于飞机来救我之后，我感到自己被抛弃了。这天夜里，我判定要想得救，唯一能依靠的是我自己的意志和残余的体力。

有一件事情使我自己都觉得不可思议：我感到有点虚弱，但不是那种精疲力竭。我有将近四十个小时没吃没喝了，而且超过两天两夜没合眼，因为出事的前一天夜里我也没睡着。尽管如此，我觉得自己仍然有力气划桨。

我又一次寻找小熊星座。我两眼死死盯住这星座，又开始划桨了。刮起了微风，可这风并没有如我所愿把筏子送往小熊星座的方向。我把两支桨固定在筏沿上，从夜里十点钟开始划水。起初我毫无章法。后来我逐渐冷静下来，盯住了小熊星座的方向，根据我的计算，它应该正好就在珀帕山上空闪烁。

水声告诉我筏子在前进。划累了，我就把桨交叉收起来，把头靠在上面休息一下。过一会儿，再鼓足力气也鼓足希望，重新把桨握在手中。夜里十二点，我仍然在不停地划。

筏子上的伙伴

快两点的时候，我一点儿力气也没有了。我把桨交叉着支了起来，打算睡一会儿。这时我更渴了。饥饿倒不太烦人。烦人的是口渴。我实在太累了，把头靠在桨上，心想还不如一死了之。就在这时，我看见了水手海梅·曼哈雷斯，他坐在驱逐舰的甲板上，用食指指向港口的方向。海梅·曼哈雷斯是波哥大人，是我参加海军以后最早结识的朋友之一。我经常会想起那几个努力想爬上筏子的伙伴。我问自己，他们有没有爬上另外那只筏子，驱逐舰是不是已经把他们救走了，或者，那些飞机是不是已经找到他们了。可我之前没想起过海梅·曼哈雷斯。可这会儿，只要我一闭上眼睛，海梅·曼哈雷斯就出现在我眼前，笑嘻嘻的，先是指给我港口的方向，然后坐在食堂里，就在我的对面，手里端着一盘水果，还有炒鸡蛋。

一开始那只是个梦。我一闭上眼睛，准备睡上那么一小会儿，海梅·曼哈雷斯就准时出现，还总是在同一个地方。最后我决定同他聊聊。我记不清一开始问了他一个什么问题，也记不清他的回答了。可我记得我们正在甲板上说着话，突然一个大浪卷来，就是十一点五十五分的那个大浪，我猛然惊醒，用尽全力死死抓住筏子边上的绳子，才没掉进大海。

黎明前的天色更加暗沉。我再也睡不着了，因为我太累了，连睡觉的力气也没有了。黑暗中，我连筏子的另一端都看不清，可我还是在漆黑中竭力睁着眼睛，想把这黑暗看穿。于是，就在筏子的另一端，我又清清楚楚地看见了海梅·曼哈雷斯，他坐在那里，穿了身工作服，蓝衬衫蓝裤子，帽子稍稍往右耳斜戴着，虽然漆黑一片，但帽子上还是可以清清楚楚地看见"卡尔达斯号"几个字。

"喂！"我和他打招呼的时候一点也没惊慌。我确信海梅·曼哈雷斯就在那里，而且确信他一直都在那里。

就算这是一场梦，那也没什么要紧的。我知道自己没有睡着，我清醒得很，我能听见风在呼啸，大海在周围轰响。我能感到饥渴。我一点儿都不怀疑，海梅·曼哈雷斯就在筏子上，和我在一起。

"你在舰上为什么不把水喝够？"他问我。

"因为那时我们就快到卡塔赫纳了，"我回答，"我当时和拉蒙·埃雷拉一起在舰尾躺着。"

这不是什么幽灵，我也一点儿都不害怕。这甚至有点可笑：先前我一直觉得自己孤零零的，竟不知筏子上还有一个水兵和我在一起。

"你为什么没吃饭？"海梅·曼哈雷斯问我。

我记得很清楚，我是这样回答他的：

"因为他们不想给我饭吃。我向他们要苹果要冰激凌吃，他们不给我。不知道他们把那些东西藏哪儿去了。"

海梅·曼哈雷斯没有答话。他沉默了一小会儿。又一次向我指了指卡塔赫纳的方向。我顺着他手指的方向看过去，果然看见了港口的灯火，还有在港湾水面上下跳动的浮标。

"我们到了。"我说道，眼睛还在专注地盯着港口的灯火，心中没有激动，没有高兴，就像是从一次普普通通的航行归来似的。我对海梅·曼哈雷斯说咱们一起再划两下。可他已经不在那里了。他走了。剩我一个人待在筏子上。那港口的灯火不过是初升的太阳放出的光芒。这是我孤身一人在海上第三天的第一缕阳光。

Part 6

救援船和食人族的小岛

起初，我通过事件来记住日期：第一天，二月二十八日，是出事的那一天。有飞机飞来的是第二天。第三天是最困难的一天：什么特别的事都没发生。筏子由微风推动着向前航行。我已经没有力气再划船了。天空布满了乌云，有点冷，因为看不见太阳，我迷失了方向。这天上午，我对飞机会从哪个方向飞过来都没了概念。这是条筏子，既没船头也没船尾，四四方方的，有时候还会横过来前进，不知不觉就转了个方向。因为没有参照物，就连它到底是在前进还是倒退我都搞不清楚。四面八方都是一模一样的海。有几次我参照筏子前进的方向躺在筏子的后部，用衬衫裹着脑袋歇一会儿。

可等我爬起身来，筏子已经在朝我躺着的这一头前进了。我也无法弄清到底是筏子改变了前进的方向，还是说仅仅掉了个头。第三天之后，我对时间也产生了类似的疑惑。

中午，我拿定主意做两件事：首先，我把一支船桨固定在筏子的一端，这样我就可以知道筏子是不是总沿着一个方向前进；其次，我用钥匙在筏沿上每过一天就刻上一道印子，再刻上日期。我刻上第一道印子，并且标上了数字：28。

接着我又刻下第二道印子，标上又一个数字：29。第三天，在第三道印子旁边，我标上了30。我又把事情弄混了。我以为这一天是三十号，其实是三月二日。直到第四天，我拿不准这个月是三十天还是三十一天时，才发现这个错误。我这才想起来刚过去的是二月份。现在说起来是够傻的，可当时就是这样一个错误弄乱了我的时间概念。到了第四天，我对自己在筏子上待过的天数有点拿不准了。到底是三天呢？还是四天？会不会是五天呢？根据刻下的印子来看，管他二月还是三月呢，应该是过了三天。可我一点把握都没有，就像我对筏子到底是在前进还是后退也没有把握一样。我决定干脆不去管它了，这样至少不会继续疑惑，而我也对获救彻底绝望了。

我还是没吃没喝。连想事情我都懒得去想，因为要把自己的想法理顺都很耗费精力。在烈日的炙烤下，我的皮肤火辣辣地疼，起了好多水泡。在海军基地的时候，指导员们总对我们说，不管怎么样都不要让胸肺在阳光下暴晒。这是眼下我伤脑筋的事之一。衬衫总是湿漉漉的，我早已把它脱了下来，拴在了腰间，因为我特别讨厌衬衫贴在身上的感觉。我已经三天没喝水了，几乎无法呼吸，嗓子、胸口、锁骨下方都生疼生疼的，因此第四天我喝了点儿咸咸的海水。虽说海水不能解渴，但总可以凉快一下。这口水我抿了好长时间，因为我知道，下一次我得喝得更少点儿，而且必须是间隔好多个小时之后。

鲨鱼倒是每天都来，而且准时得惊人，五点钟如约而至。筏子四周顿时就热闹起来。大一些的鱼会跃出水面，而片刻之后它们再一次出现的时候就尸骨不全了。发狂的鲨鱼们闷声不响，迅猛地冲撞被鲜血染红的水面。它们倒还没有想来攻击这条筏子，但因为筏子是白色的，它们都被吸引了过来。所有人都知道，鲨鱼最喜欢攻击的就是白色的东西。它们都近视，只能看见白色的发亮的东西。这又是一条指导员给我们讲过的准则：

"要把发亮的东西藏起来，免得招惹鲨鱼。"

我身上没有什么发亮的东西。就连我手表的表盘也是深色的。可万一鲨鱼打算跳过来攻击筏子，我倒真想有件亮晶晶的东西，可以远远地扔出筏子，那样我心里恐怕会踏实一点。为预防万一，从第四天开始，一过下午五点，我就会把船桨握在手中，以备防身。

我看见了一条船！

夜里，我把一支船桨横着搁在筏子上，想睡一觉。我也不知道这事儿是只在我睡着的时候才发生，还是我醒着的时候也会发生，反正每天夜里我都能看见海梅·曼哈雷斯。我们通常会就随便什么话题聊上几分钟，然后他就消失了。我对他的造访已经习以为常。太阳升起后，我会想，这恐怕是幻觉。可一到夜间，我毫不怀疑，海梅·曼哈雷斯就在那里，在筏沿上和我聊天。到了第五天凌晨，他也想睡上一觉。他靠着另外一支船桨静静地打着盹。突然，他在海面搜寻了一番，对我说：

"快瞧！"

我举目望去。在离筏子大约三十公里的地方，我看见了一艘船的灯光，那灯光一闪一闪的，但毫无疑问，是船上的灯光，在顺着风的方向移动。

我有好多个小时没有力气划桨了。可当我看见灯光时，立刻直起身来，用力握住了船桨，尽力向那艘船划去。我看见它走得并不快。有那么一小会儿，我不但看见了它桅杆上的灯光，还看见了船的影子，随着黎明初泛的光线移动。

风不大，阻力却不小。我用尽全力划桨，四天四夜都没吃一点饭，没睡过一个囫囵觉，这力量简直不像是我能有的。可最终，我觉得我连一米也没能把筏子划离风吹的方向。

灯光越来越远，我开始浑身冒汗。我觉得力气已经用尽。过了二十分钟，灯光彻底消失了。星星一点点不见了，天空染上了一层铅灰色。大海之中，我心灰意懒，把船桨往筏子上一扔，站起身来，冰冷的晨风吹打在我身上，有两三分钟时间，我像发了狂一样大叫大嚷。

太阳又一次升起的时候，我靠在船桨上躺着。我觉得全身都虚脱了。现在我不再指望还会有人从哪里冒出来救我，我只想死去。可每当我想一死了之的时候，就会冒出奇怪的念头：我会马上想到某个危险。这样的念头给了我新的力量，帮我坚持下来。

在海上第五天的早上，我打算无论如何也要改变一下筏子前进的方向。我想到，如果我就这样顺着风向航行下去，恐怕会去到一个住着食人部落的小岛上。在莫比尔的时候，我在一本杂志上看过一篇报道，杂志的名字我记不起来了，说的是有一个遇到海难的人被食人族吃掉了。可那会儿我想的倒不是这篇报道，而是我两年前在波哥大读过的一本书《变节水手》。它讲的是一个水手的故事，战争中，他所在的船触雷之后，他游到了附近的一个小岛上。在岛上他待了二十四小时，靠吃野果充饥，直到被食人族发现，他们把他塞进一口装着沸水的大缸里，活活煮死了。那个小岛萦绕在我脑海里。现在我只要一想到靠岸，就会想起那居住着吃人生番的领地，于是，在海上独自漂泊了五天之后，我的恐惧头一次改变了方向：现在陆地对我造成的恐惧远远超过海洋。

中午我靠在筏沿上，在烈日和饥渴的折磨下昏昏欲睡。我脑子里一片空白，对时间和方向都没了感觉。我想站立起来，看看自己还有没有力气，可我觉得自己已经指挥不动自己的身体了。

"到时候了。"我想。实际上，我觉得指导员给我们讲过的各种情况中最可怕的时刻已经来到：该把自己绑在筏子上了。有一阵子你不再有饥饿干渴的感觉，长满水泡的皮肤被阳光暴晒也不觉得疼痛。思想停滞。五感丧失。可还没有完全丧失希望。那就用最后一点力气解开筏子上的绳索，把自己绑在筏子上。在战争年代，很多尸体被发现的时候都是这副样子，他们已经尸骸不全，被鸟啄得不成模样，可依然牢牢地绑在筏子上。

我想我还有点精力熬到晚上，先不着急把自己绑起来。我滚到筏子底部，舒展双腿在水里待了几个小时，只露出脑袋。当太阳晒到我膝盖上的伤口时，疼痛感袭来。这伤口好像是苏醒了一样。而这一疼也让我知道了自己还活着。就这样，一点一点地，在清凉的海水里泡着，我逐渐恢复了不少体力。这时，我觉得胃里拧着疼，肚子里一阵蠕动，发出又长又闷的声响。我想忍住，但不可能。

我艰难地支起身来，解下腰带，松开裤子，把肚子里的东西排出去之后，我轻松了一大截。这是五天里的第一次。于是，五天里，鱼群也第一次死命地冲击着筏沿，竭力想把结结实实的网绳咬断。

七只海鸥

鱼群闪着银光，近在咫尺，使我更加饥饿难熬。我第一次真正感觉到绝望。但至少眼前我还有点诱饵。我不顾身体虚脱，抄起一支船桨，这时鱼群正在筏子边疯狂地争抢着，我准备使出最后一点力气，敲在往筏子上撞的某条鱼头上。我也不知道挥了多少下船桨。我觉得每一下好像都打中了，可就是怎么也找不到我的猎物。一大群鱼在疯狂地互相撕咬，一条鲨鱼，翻着肚皮，正在搅成一团的海水中大快朵颐。

鲨鱼的到来使我不得不放弃了自己的打算。我心灰意冷，放下船桨，贴着筏沿躺了下来。过了没几分钟，我心里一阵狂喜：有七只海鸥在筏子上空飞翔。

对一个独自漂流在大海上、饿得半死的水手来讲，海鸥就是希望的信使。海鸥一般是尾随着船舶飞行的，但一般它们只追到航行的第二天就会离去。筏子上空飞翔着七只海鸥意味着陆地不远了。

倘若我还有一丝力气的话，肯定会划桨的。可我太虚弱了。就连站我都站不了几分钟。我坚信此刻离陆地只有不到两天的航程，坚信我离陆地越来越近，便又用手捧了点海水喝，然后再一次仰面朝天在筏子边上躺了下来，避免阳光直射我的胸肺。我没有用衬衫盖住脸，因为我想一直看着那些海鸥慢慢飞行，斜斜地向着海面飞，逐渐消失在海的深处。这是我在海上第五天的下午一点钟。

我不知道它是什么时候飞来的。快五点了，我躺在筏沿旁边，正准备在鲨鱼群到来之前下到筏子中央去。可这时我看见一只小小的海鸥，大概只有巴掌大小，它绕着筏子飞行，时不时还在筏子的另一端停一会儿。

我的嘴里涌上一股凉凉的口水。我真没什么办法抓住那只海鸥。我什么工具也没有，只有一双手，还有就是被饥饿磨炼出来的狡黠。别的海鸥都已经飞走了。只剩下这一只，小小的，咖啡色的羽毛亮闪闪的，在筏子上跳来跳去。

我一动也不敢动，只觉得肩膀那里有鲨鱼锋利的背鳍划过，它们五点准时到来。可我还是决定冒一次险。我甚至没敢去看一眼那海鸥，不想让它察觉到我的头在动。我看见它从我身体上方飞过，飞得很低。它飞远了，消失在天边。可我依然满心期待。我也没去想怎么才能捉住它。我只知道我饿了，如果我待在那里完全一动不动，那海鸥迟早会飞到我手边来的。

我觉得等了足有半个小时。我看着它出现又消失好几次了。有那么一刻，我感到一条鲨鱼就在我的脑袋旁边掠过，把一条鱼咬得粉碎。可饥饿压倒了恐惧。海鸥在筏沿上跳来跳去。这是我在海上漂流的第五天的傍晚了。五天里我没吃一点儿东西。虽说我心里激动万分，心脏在胸腔里剧烈地跳动着，可我还是纹丝不动，像死人一样。渐渐地，我感觉到那海鸥离我越来越近了。

我直挺挺地靠在筏沿上，两只手紧贴着大腿。我确信这半个小时我连眼皮都没敢眨一下。天空很明亮，眼睛受不了，可在那紧张万分的时刻，我不敢闭上眼睛。那海鸥正在啄我的鞋。

漫长而紧张的半小时过去了，我感觉得到那海鸥就歇在我的腿上。它轻轻地啄了啄我的裤子。它又狠狠地啄了一下我的膝盖，我还是一动不动。膝盖有伤，我差点儿没疼得跳起来。可我忍住了。接着，它又跳到我右边大腿那里，离我的手只有五六厘米的距离了。这时，我屏住了呼吸，绷紧身体，以一个难以觉察的动作，把手伸了过去。

Part 7

一个饿得半死的人的绝望办法

如果一个人躺在广场上试图捉一只海鸥，他可能在那里躺上一辈子也无法成功。可是在离海岸一百海里的地方，情况就不一样了。在陆地上，海鸥自我保护的本能很敏锐，但在海上，它们却有些盲目自信。

　　我一动不动，那只歇在我大腿上的贪玩小海鸥可能把我当成了一具死尸。我看着它歇在我大腿上，在我的裤子上啄来啄去，一点儿都没伤着我。我的手继续滑动，就在它感觉到危险、准备展翅飞翔的那一瞬间，我猛地抓住了它的一只翅膀，随即滚进筏子中央，准备将它生吞活食。

　　当我还在等它跳到我大腿上的时候，我就想好了，只要能抓住它，我就把它活活吞下去，连毛都不拔。我实在是饿狠了，而且一想到还有血可以喝，我就更渴得受不住了。可是，当我已经把它抓在手中，感觉到它热乎乎的身体在颤抖，再看着它那又圆又亮的褐色眼睛时，我还是犹豫了片刻。

有一回，我在甲板上，手里拿了一支卡宾枪，想打一只尾随在我们船后面的海鸥。驱逐舰上的枪炮长是一个老水手，他告诉我说："别干没出息的事。对水手来说，看见海鸥就等于是看见了陆地。杀死海鸥可不是水手应该干的事。"就当我在筏子上打算杀死那只海鸥并把它撕成碎块的时候，我想起了那天的情景，想起了枪炮长的话。不错，我是有五天没吃一点东西了，可他的话就在我耳边回响，仿佛在又一次讲给我听。然而，在那样的时刻，饥饿感压倒了一切。我用力抓住那家伙的头，像杀鸡一样拧断了它的脖子。

它非常脆弱。只拧了一圈，我就感觉到它脖子上的骨头全碎了。又拧了一圈，我感觉热乎乎的鲜血涌了出来，流在我的指间。我心里有些不忍。这简直就是一场残杀。它的头与身体分离开来，在我手中还一动一动的。

喷到筏子上的血刺激了鱼群。一条鲨鱼翻着白得发亮的

92

肚皮从筏边掠过。在这种时候，鲨鱼若嗅到血腥味发起狂来，连钢板都能一口咬断。它的嘴长在身体下方，必须翻过身来才能吃到东西。而这个贪吃的家伙又是个近视眼，当它翻过身体肚皮朝上的时候，能把碰见的一切都卷走。我觉得那一刻鲨鱼是想把筏子掀翻。我吓得要死，赶紧把海鸥头扔了出去，于是我看见就在筏子旁边几厘米的地方，那群巨大的家伙，为了一个比鸡蛋还要小的海鸥头争得不可开交。

我首先要做的就是把海鸥的毛拔掉。它太轻了，骨头那么脆弱，手指一拧便都断裂了。我想拔下羽毛，可那海鸥的皮肤又嫩又白，羽毛又和皮肤粘得太紧，总是血淋淋的连毛带肉都拔了下来。那些黑黢黢、黏糊糊的东西粘在手指上，让人一阵恶心。

饿了五天的人什么东西都吃得下去，这话说起来轻巧。可不管这人饿成什么样子，当他看见羽毛和热乎乎的血粘在一起，散发出一股生鱼和疥疮的强烈腥味儿时，他还是会感到作呕的。

一开始我尝试仔仔细细地拔毛，可没想到它的皮那么嫩，拔完毛，我手里的海鸥也就不成样子了。我在筏子里把它洗

93

了洗，又一下把它撕成两半，它粉嫩的肠子和蓝色的内脏让我的胃里又是一阵翻腾。我把一条腿塞进嘴里，可实在是咽不下去。原因很简单，我觉得自己是在嚼一只青蛙。我实在没办法压制住那阵恶心，把东西吐了出来，然后长时间地一动不动，手上还握着那团令人作呕的羽毛和血淋淋的骨头。

我想到的第一件事是，这些我实在难以下咽的东西可以用来做鱼饵。可我什么捕鱼的工具都没有。哪怕有个别针也好呀，或是一小截铁丝什么的。可我身上除了几把钥匙、一块手表、一枚戒指和三张莫比尔某商场的名片，什么都没有。

这时我想到我还有条腰带。我想也许能把皮带钩改成个鱼钩。可我的努力全是白费心思。腰带怎么也改不成鱼钩。天渐渐暗下来，鱼群受到血腥味的刺激，在筏子旁边蹿来蹿去。天完全黑下来以后，我把那海鸥剩下来的部分扔进水里，躺下身子等死。整理好船桨准备躺下时，我听见动物们在无声无息地争抢我没能吃下去的东西。

我觉得，这天夜里我恐怕要因为精疲力竭加上绝望而死去。天刚擦黑就刮起了大风。筏子颠簸得厉害，而我万念俱灰，甚至不想用绳索把自己固定住，只是疲惫不堪地躺在水中，仅仅露出脚和头。

可到了后半夜，天气变了：月亮出来了。这可是出事以后的头一回。蓝色的月光下，海面重又变成鬼影幢幢的模样。这天夜里，海梅·曼哈雷斯没来。我一个人，待在筏子底部，听天由命，心里充满绝望。

然而，每当我心灰意懒的时候，总会有件什么事情发生，重新燃起我的希望之火。那天夜里，是映照在波澜之上的月亮。海上微波荡漾，每一朵浪花在我看来都像藏有船上的灯光。两晚之前，我就对能有船来救我一命不抱希望了。然而，那个夜晚被月光照得透亮（那是我在海上度过的第五夜），我一整夜都在海平面上竭力搜寻着，紧张的程度和抱有的信念不亚于头一晚。如果现在再让我处在那种情况下，我一定会绝望而死：现在我知道了，那条筏子航行在一条没有任何一艘船的路线上。

我已经是个死人了

我记不清第六天天亮时的情景了。我只隐隐约约记得，那一上午，我都躺在筏子底部，在生死线上挣扎。那时我想起了我的家，而且看见了我的家人，和后来他们告诉我那些天里他们的情形一模一样。听到他们还为我举行了祭奠仪式，我一点儿也没感到惊讶。在海上孤身度过的第六个上午，我想到了正在发生的一切。我知道，我的家人已经得知了我失踪的消息。既然飞机没有再飞回来，我知道这是因为人们已经放弃了寻找的努力，并且宣告了我的死亡。

从某种意义上说，这并非假消息。当然我一直在寻求自救。而且我总能找到活下去的办法，找到一个支撑点以便继续坚持，不管它有多么微不足道。可到了第六天，我已经不抱任何希望了。我成了筏子上的一个死人。

下午，想到马上五点钟，鲨鱼就要到来，我挣扎着起来想把自己绑在筏沿上。两年前，在卡塔赫纳的一处海滩上，我看见过一个人的残骸，已经被鲨鱼咬得零零碎碎的。我可不想这样死去。我不想被一群贪婪的野兽撕成碎片。

96

快五点了。鲨鱼群准时到达，在筏子旁巡弋。我艰难地爬起身来，去解开筏子边上的绳子。下午的空气新鲜清凉。海面一片平静。我觉得精神稍微恢复了一点。突然，我又看见了前一天曾来过的那七只海鸥，顿时又激起了我活下去的愿望。

那会儿，我恐怕什么东西都吃得下去。我饿得实在受不了了。而比饥饿更难忍受的是喉咙的溃烂和牙床的疼痛，因为老不用牙床，那里已经变得硬邦邦的。我嘴里得有点儿东西嚼嚼才行。我想把鞋子上的橡胶条扯下来，可又没什么东西能割得动它。这时我想起了莫比尔那家商场的名片。

名片在我裤子口袋里，因为泡了水，已经烂得不成样子。我把它们扯成碎片，塞进嘴里嚼了起来。这简直是奇迹：喉咙不那么难受了，嘴里也充满了唾液。我慢慢地嚼着，仿佛它们是块口香糖。咬第一口的时候嘴里还有点儿疼。之后，这些自打那天陪玛丽·埃德瑞斯逛商场就不知怎么留在我兜里的名片，让我越嚼越有力气，人也就乐观起来。我打算就这么一直嚼下去，至少能减轻一下嘴里的疼痛。我觉得把它们吐到海水里去是一种巨大的浪费。我感觉到，被咬得稀烂的硬纸片最后被咽进了胃里，从那一刻起，我就觉得自己一定会得救，一定不会被鲨鱼咬碎的。

鞋子的滋味如何？

嚼名片对疼痛的缓解刺激了我的想象力，我得再找点儿什么吃的。如果此刻我手头有把小刀的话，我一定会把鞋子割开，弄点儿橡胶条在嘴里嚼嚼。这是我能触及的范围内最能刺激我的东西了。我用钥匙割了半天，想把白白净净的鞋底弄下来。可力气全白费了。那橡胶在布上粘得太结实了，想撕一条下来根本不可能。

无奈之下，我只好去啃我的腰带，把牙齿啃得生疼。但连一小块都啃不下来。这会儿的我一定像头野兽，啃咬着鞋子、皮带和衬衫，试图从上面弄一小块下来。天黑了，我的衣服早已湿透，我索性把它们都脱了。我身上只剩一条裤头。也不知道是不是名片起了作用，随即我就呼呼大睡了。我在海上的第六个夜晚，也许是因为已经适应了筏子上的种种不适，又或许是因为一连七个晚上都没睡觉的我已经累极了，反正这一觉我睡了好长时间。有几回，梦里我被浪涛惊醒，于是一跃而起，警觉万分，生怕海浪把我冲进大海里。可每一次我都几乎立刻就重新进入了梦乡。

我终于迎来了海上漂流的第七个白天。我也不明白为什么，我确信这不会是最后一天。海面风平浪静，天空布满了云。早上快八点钟，太阳出来的时候，由于头天夜里好好睡了一大觉，我觉得我又恢复了不少。铅灰色的天空低垂着，那七只海鸥又飞了过来。

两天前我看见那七只海鸥的时候，心中充满了喜悦。可接连两天我都看见了它们，第三天再看见它们的时候，我心里重新升起了恐怖的念头。"这七只海鸥该不会是迷路了吧！"我绝望地想。所有海员都知道，有时候海鸥也会在海上迷路的，它们会一连好几天毫无方向地飞来飞去，直到遇上一条船，给它们指明港口的方向。我一连三天看到的兴许总是那几只，它们也在海上迷失了方向。这意味着我的筏子离陆地越来越远了。

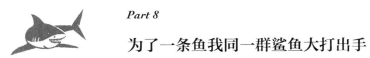

Part 8

为了一条鱼我同一群鲨鱼大打出手

当我想到这七天自己并不是离岸越来越近，而是越来越深入大海时，支撑我奋斗下去的决心便被压倒了。可当一个人到了死亡的边缘，他自我保全的本能又变得更强烈了。由于种种原因，那一天——对我来说是第七天——和前面几天完全不一样：海面黑沉平静，太阳也不再有灼烧感，而是暖洋洋的，沁人心脾，微风轻轻地把筏子推向前方，我身上被晒伤的地方也舒服了一点。

鱼也不一样了。现在它们一大早就围着筏子，在水面上游来游去。我能清清楚楚地看见它们：鱼儿有蓝色的、棕色的，还有红色的。五颜六色的鱼儿，形状大小各异。筏子和它们一同航行，就像是滑行在一个水族馆上。

我不知道是否一个人在海上漂流七天七夜，不吃不喝，就会适应这种生活。我觉得答案是肯定的。前一天的绝望都变成了一种懒洋洋的、无知无觉的逆来顺受。我敢肯定地说，一切都变了模样，海洋和天空都不再饱含敌意，一路上陪伴着我的鱼儿们都是朋友，是我认识了七天之久的老相识。

这天上午，我没去想能到达什么地方。这筏子肯定是到了一处没有任何航船经过的地方，就连海鸥都会在这旦迷失方向。

然而我又想到，在经历了七天的漂流之后，我一定已经适应了大海，适应了这种令人痛苦的生活方式，因而根本不需要再磨炼我的聪明才智以便生存下去。无论如何，我已经在同风浪的搏斗中存活了一个星期。为什么我就不能在这筏子上一直生活下去呢？鱼群在海面上四处游动，海水清澈而平静。筏子周围有这么多的活物，漂漂亮亮，撩人心弦，让我觉得一伸手就能抓上一把来。目力所及，看不到鲨鱼的踪影。我自信地把手伸进水中，想抓住一条不到二十厘米长的小鱼，一条圆滚滚的、身上泛出蓝色亮光的小鱼。可这个举动就像是扔进去一块石子一样，所有鱼都急忙下沉，鱼群消失在水里，只留下一片被搅乱的水面。过了好一会儿，它们才又逐渐浮上水面。

我想，若要用手捕鱼，还得更机智一点才行，因为手在水底下既使不上劲也不够灵活。我在一大群鱼当中选中了一条，试图抓住它。我也真的抓住了。可我发现它又从我的指缝间迅捷灵巧地溜走了，而我毫无办法。我就这样，满怀耐心，放松情绪，只想着抓住一条鱼。我没有去想鲨鱼什么的，兴许它们就在那里，在水底下，等着我把胳膊伸进水里，一直没过胳膊肘，就会准确一击，把我的胳膊咬下来。我就这么忙着捉鱼，一直到十点过后。可没有任何成果。鱼儿啄食着我的手指，开始时还轻轻地，就像是在啄食鱼饵。后来便越来越重。一条半米长的鱼，光溜溜的泛着银光，还长了一口密密的尖牙，把我大拇指的皮肤咬破了。这时我才发现，之前那些鱼来啄食我的手指，也都造成了伤害。我的每一根手指上都有在冒血的伤口。

一条鲨鱼跳进了筏子！

不知道是不是我流了血的缘故，片刻之后，筏子周围到处都是躁动的鲨鱼。我从没见过这么多的鲨鱼，也没见过它们表现得如此凶猛。它们像海豚一样高高跃起，就在筏子旁边追逐吞噬着一条条的鱼。我一屁股坐在筏子中央，恐惧万端，眼睁睁地看着这场大屠杀。

事情发生得太突然了，我根本没察觉那鲨鱼是何时蹿出水面的，它的尾巴重重一甩，筏子左摇右晃，一下子陷入了闪亮的泡沫之中。海浪猛烈地冲击着筏子，只见一道金属般的亮光闪过，我本能地抓住一支船桨，准备发出致命一击：我当时确信有条鲨鱼跳进了筏子里。片刻之后，我看见一个巨大的背鳍从筏子旁边掠过，才知道发生了什么：一条亮晶晶的翠绿色的鱼，大约能有半米长，在鲨鱼的追逐下，跳进了我的筏子里。我用尽全身力气，挥动船桨完成了对鱼头的第一击。

要在筏子内打死一条鱼真不是件容易事。你每敲一下，筏子都会晃个不停，也许就要翻个底朝天了。这是个危机重

106

重的时刻，我必须用尽全身的力气，调动我全部的聪明才智。要是我不顾一切地乱敲乱打，筏子就会翻倒，我也会落到被一群饿得发慌的鲨鱼搅得天翻地覆的海水里。可如果我不能施以精确击打，那我的猎物又会逃走。我真是命悬生死之间。要么是落入一群鲨鱼的尖牙利齿，要么是得到四磅新鲜鱼肉，以解我七天以来的饥饿之苦。

我牢牢地把身体靠在筏沿上，又击打了第二下。我能感觉到，船桨刺进了那条鱼的头骨里。筏子猛地摇晃起来。好几条鲨鱼在筏子底下的海里翻滚着。可我牢牢地倚住了筏沿。当筏子恢复平稳时，那条鱼躺在筏子底部，还活着。鱼在垂死状态是可以比平时跳得更高更远的。我知道，第三击必须十分精准，否则，我将永远失去我的猎物。

我猛地起身坐在筏子上，这样我更有把握抓住那条鱼。若是有必要，我还可以用脚踩住，或是用膝盖夹住，甚至用牙齿咬住它。我坐稳身体，相信我的生死就取决于这一击了，尽量不要出差错。我用尽全力把船桨打了下去。这一击过后，鱼一动不动，一缕暗红的血在筏子底部的积水里洇开了。

这回连我都闻到了血腥味，更别说鲨鱼群了。此刻，四磅鱼肉在手，我感到一阵难以抑制的恐惧：闻到了血腥味儿的鲨鱼正疯狂地全力撞击着筏子底。筏子左摇右晃。我知道这筏子随时会翻个底朝天，也就是分秒之间的事。在一闪而过的瞬间，我就会被随便哪条鲨鱼嘴里的那三排钢牙撕得粉碎。

然而，饥饿感压倒了一切。我把鱼紧紧夹在两腿之间，在鲨鱼群的一次又一次撞击下摇摇晃晃地竭力保持住筏子的平衡。就这样持续了好几分钟。每当筏子稍稍恢复平稳，我便把血水从筏子边上泼出去。慢慢地，积水恢复了清澈，鲨鱼们也都安静了下来。可是我还得万分小心：一个令人望而生畏的鲨鱼背鳍——那是我平生见过的最大的鲨鱼或是别的什么家伙的背鳍——从筏子旁边划过，看上去超出筏沿一米多高。它游得很安静，可我知道，一旦它闻到血腥味儿，只需撞一下，便可以把筏子弄翻。我小心翼翼地准备把我的鱼撕成小块。

像这样一个半米长的家伙，身上有一层坚硬的鳞片包裹。当你想拔下鱼鳞时，会感到每个鳞片都像是铁片一样长在鱼肉上。我又没有任何可以切割的工具。我想用钥匙刮下鱼鳞，但它们纹丝不动。这时我才发现，我这一辈子从来也没有见过这样一条鱼：翠绿的颜色，厚重的鳞片。我从小看见绿颜色的东西就会联想到各种毒药。说起来令人难以置信，在我想着新鲜鱼肉，胃痛苦地抽搐的时候，我竟然有过片刻的动摇，担忧那个怪异的动物会不会有毒。

可怜我这副躯壳

只有在毫无希望搞到食物的时候，饥饿才是可以忍受的。而当时，我坐在筏子底部，绞尽脑汁想用几把钥匙从那条绿得发亮的鱼身上割下鱼肉来，空前的饥饿感无情而强力地折磨着我。

就这样忙活了好几分钟之后，我才算明白了，要是我真想把这猎物吃进肚子里的话，就非得采取点儿更粗暴的手段不可。我站起身来，用力踩住鱼尾，把一支船桨塞进鱼鳃里。那鱼鳃有一层厚厚的硬壳。我用船桨又钻又凿，终于把鱼鳃弄破了。我发现那鱼其实还没有死透，就又用船桨在它头上给了重重的一击。接着我就努力去把鱼鳃外面那层坚硬的保护壳扯开，那时候，我真的搞不清我手指上流淌的鲜血是我自己的还是那条鱼的。我双手伤痕累累，指尖上的肉都翻出来了。

鲜血又一次激起了鲨鱼群的饥饿感。说起来也许没人相信，身处一群饥肠辘辘的野兽包围之中，心里又对那血淋淋的鱼肉异常厌恶，我差一点就把那条鱼扔到鲨鱼群里去，就像我曾经扔了那只海鸥一样。面对那结实、无法宰割的家伙，我非常挫败，觉得自己真没用。

我把那条鱼仔细察看了一番，想找到它身上最柔软的地方下手。最后，我终于在鱼鳃下方找到一条窄窄的缝；我把手指伸进去开始往外掏它的内脏。鱼的内脏软软的，并不结实牢固。据说，如果你猛地用力吊起鲨鱼的尾巴，它的肠子就会从嘴里溜出来。在卡塔赫纳的时候，我就看见过尾巴被高高吊起的鲨鱼，它那张大嘴里确实挂着一大堆黑黢黢黏糊糊的内脏。

真是走运，我那条鱼的内脏和鲨鱼的一样软和。不一会儿，我就用手指把它们掏了出来。那是一条雌鱼：和内脏一起扯出来的还有一串鱼卵。内脏都被掏干净后，我咬了第一口，没能咬透那层鱼鳞。我又死命咬了一口，连牙床都咬疼了。这回总算咬下一块，于是我开始嚼那又冷又硬的生鱼肉。

咀嚼的时候我一阵恶心。我一向不喜欢闻生鱼的气味，更别说嚼在嘴里的味道了：它隐隐地有一股生海枣的味道，可是比生海枣还要难吃，而且黏糊糊的。世上恐怕没有人吃过活鱼吧。而当我嘴里嚼着七天以来的第一口食物时，我就头一回体会到了那种可怕至极的感觉：生吃一条活鱼。

第一口下肚后，我立刻觉得好多了。我又咬下一块，在嘴里嚼着。就在刚才我还想着，自己饿得能吃下一整条鲨鱼。可这会儿刚吃到第二口，我就觉得肚子已经饱了。整整七天的饥饿一瞬间就得到了抚慰。我又觉得浑身充满了力量，就像第一天一样。

现在我知道，生鱼肉还可以解渴。我当时不知道这个，但我意识到，鱼肉不但平息了我的饥饿，还帮我缓解了干渴。我心满意足，信心满满。剩下的食物还很充足，因为我才咬下了两口鱼肉，而那条鱼足足有半米长。

为了保鲜，我决定用衬衫把鱼包起来，存放在筏子底部。

可首先得把它清洗干净。我漫不经心地抓住鱼尾巴，把鱼伸到筏子外面的水里泡了泡。可鱼血已经凝固在鱼鳞之间，得搓搓才能洗掉。我想都没想，又把鱼没进了海水里。说时迟那时快，我只觉得一条鲨鱼的利齿猛地撞过来。我用尽全身力气死死抓住鱼尾。那家伙猛地向外一拖，我便失去了平衡，重重地摔在筏沿上，但手里还紧紧抓着我的食物。我像一头猛兽一样保卫着我的食物。那一瞬间，我根本来不及去想，只要那鲨鱼再咬上一口，恐怕就会把我的胳膊齐肩膀咬下来。我还在用尽全力拖扯，可这时我手中已经空空如也。那鲨鱼抢走了我的猎物。我怒火陡起，在绝望和愤怒中疯狂地抓起一支船桨，等那条鲨鱼又游到筏子旁边的时候，照它头上狠狠砸过去。那凶猛的家伙高高跃起，猛地拧过身来，蛮横地一口便把船桨咬掉半截，吞下肚去。

Part 9

海水的颜色开始有了变化

手里拿着断桨，我心中又绝望又恼怒，依然继续击打着
水面。鲨鱼把我仅有的食物从我手中夺走了，我必须报复。
这是我在海上的第七天，快到下午五点了。要不了多会儿，
大群的鲨鱼就会游过来。两块鱼肉下肚，我感觉自己浑身都
是劲儿，而失去鱼肉又让我怒火中烧，并生出一种奇异的勇
气要去和它们干上一场。筏子上还有两支船桨。我想扔掉那
支被鲨鱼咬断的船桨，换根新的继续和那些凶猛的家伙搏斗。
可我谨慎的天性战胜了我的恼怒：我意识到这样一来我很可
能会损耗这余下的两支桨，而我随时都可能用到它们。

　　黄昏和前些天没什么两样，只是这一夜天色更黑，大海

动荡不安。像是要下雨了。想到即将到来的雨水是可以喝的，我赶紧脱下了鞋子和衬衫，以备储水。这种天气在陆地上会被叫作"疯狗之夜"，那么在海上就该叫作"鲨鱼之夜"吧。

九点钟后刮起了一股寒风。我试图在筏子底部避避，但没有用。那股寒气一直侵到我的骨头里。我只好又把鞋子和衬衫穿上，并自我安慰道，雨会下得出人意料，而我并没有什么东西去接水。海浪比二月二十八日出事那天还要大。海面波涛汹涌，暗淡无光，筏子像只蛋壳，就这样随波逐流。我无法入睡。我让自己浸在水里，只露出脑袋，因为海风甚至比水更冰冷。我浑身都在发抖。然后我觉得自己恐怕扛不住这样的寒冷，便试图做做操，热热身子。无济于事。我非常虚弱。我必须紧紧抓住筏沿，免得被大浪打进海里。我把头枕在被鲨鱼咬断的那支桨上。另外两支我放在筏子底部。

临近半夜，风越刮越急，天空越来越暗，变成了铅灰色，空气也湿漉漉的，可一滴雨也没下。半夜十二点过几分，一个大浪——就像那个扫荡了驱逐舰甲板的大浪一样大——打来，筏子好似一瓣香蕉皮，被抛到半空，先是倒竖了起来，一眨眼就摔了个底朝天。

　　和出事那天下午一样，直到落进水里拼命向上游的时候，我才反应过来。我拼命地游着，游出水面，可又被吓得半死：筏子不见了。只见一排排黑色的巨浪向我头顶压过来，这时我想起了路易斯·任希弗，像他那样强壮的一个人，水性好，又吃得饱饱的，筏子只在两米开外的地方，他都游不到跟前去。事实上，我是晕头了，只知道往前看。而就在我身后差不多一米远，筏子露出了海面，轻飘飘的，随着波浪晃动。我划了两下水，便抓住了筏子。这个动作顶多用了两秒钟吧，可那两秒钟的时间漫长得好像没有止境。我惊恐万状，纵身一跃，便气喘吁吁、浑身湿透地跳进了筏子。我的心在胸膛里怦怦乱跳，几乎透不过气来。

我的幸运之星

　　我对自己的命运没什么好抱怨的。倘若翻船发生在下午五点钟，我早就被鲨鱼撕成碎片了。然而，在夜里十二点，那些家伙们都不会来捣乱。海面波涛汹涌的时候更是如此。

当我重新爬上筏子时，手中紧握着被鲨鱼咬断的那支桨。事情发生得太突然了，我所有的动作都是出自本能。过了一会儿我才记起来，落水后这支船桨打到了我的头，当我往下沉的时候我一把抓住了它。这是船上剩下的最后一支船桨了。另外两支都落进了海里。

这支被鲨鱼咬去半截的木棒不能再弄丢了，我用筏沿上的一截绳子头把它紧紧捆住。大海还在咆哮。这次是侥幸，要是筏子再翻一次，恐怕我就很难再爬上来了。想到这里，我解下腰带，把自己也紧紧绑在了绳网上。

波浪继续扑向筏子。筏子像是在汹涌澎湃的大海上舞蹈，可有腰带绑着，我相信没什么危险。那支桨也很安全。我一面竭力不让筏子再翻倒，一面想着，刚才差一点儿把衬衫和鞋子也弄丢了。如果不是因为天冷，衬衫和鞋子会被放在筏子底部，筏子翻倒的时候，它们就会和那两支船桨一起落进海里了。

在大风大浪里，一只筏子翻个底朝天再平常不过了。这筏子是用软木做成的，外面包了一层防水布，布外面又刷了

118

一层白漆。但它的底部并非是固定的，而是像一只篮子一样挂在软木做成的边框上。筏子在水里翻倒后，它的底部会立即恢复正常状态。唯一的危险是失去筏子。因此我想，只要我和筏子绑在一起，它就算是翻上一千个跟头，我也不会失去它。

这说法固然不错。可有一件事情我没能料到：就在筏子第一次翻倒的一刻钟之后，我的筏子第二次表演了杂技。我先是感觉被掀到冰冷潮湿的半空，风呼呼地打在身上。我发现眼前就是深渊，也看出筏子会往哪边翻过去，便竭力靠向另一边，试图保持筏子的平衡，可我被皮带结结实实地绑在了筏子上，什么都做不了。我很快意识到了问题所在：筏子整个儿翻了过来，而我被扣在筏子底下，还牢牢地绑在绳网上。我快被淹死了，两只手无助地寻找着皮带扣，想解开皮带。

虽然心里很绝望，我还是努力理清思路，想方设法解开皮带扣。我知道自己没多少时间：在身体状况十分理想的情况下，我在水下可以待上八十多秒。自打我发现自己被筏子压在水里的那一刻开始，我就屏住了呼吸，现在至少过去了五秒钟。我的一只手在腰间摸索，不到一秒钟就摸到了皮带。

又用了一秒钟，我摸到了皮带扣。皮带扣紧紧夹在绳网上，我必须用另一只手把自己撑起来才能松开它。我花了好长时间才找到一个能紧紧抓住的地方。接着，我用左臂把自己撑起来，右手找到皮带扣，迅速调整了一下方向，皮带终于松开了。松开皮带扣后，我依然抓着筏沿，而身体又滚进筏子底部，那一瞬间，我终于从绳网上解脱了。我的肺像是要爆炸了一样。我用尽最后的力气，双手抓住筏沿，憋着气，让身体吊在筏子上。我这时已经没有别的办法，只能用自己的体重把筏子翻过来。但我还在筏子底下待着。

我开始呛水了。喉咙又干又渴，火辣辣地疼。可这时的我完全没有在意。这时最要紧的是不要松开筏子。最后我终于把头露出了水面，吸了几口气。我全身无力。我觉得自己根本没有力气再翻过筏沿爬进去。然而此时的我心中还有一件害怕的事情，我泡在水里，而就在几小时之前，我还看见这里到处都是鲨鱼。我确信这可能会是我这辈子要做的最后一次努力，便使出最后残留的能量，爬过筏沿，精疲力竭地栽进了筏子底部。

我也不知道自己这样仰面朝天地躺了有多长时间，喉咙在灼烧，十根手指头都皮开肉绽，一抽一抽地疼。我只知道自己同时有两件要操心的事情：让自己的肺缓一缓，以及这筏子可别再翻了。

清晨的太阳

我在海上的第八天，就在这样的清晨中来临了。整个早晨狂风大作。那时就算下雨了，我也没力气去接雨水。我想雨水至少能让我重振些活力。尽管空气潮湿得要命，预示着马上就要下一场大雨，终究是一滴雨都没落下来。拂晓时分，海面还是波涛汹涌。直到上午八点过后才稍稍平静下来。这时太阳出来了，天空一片湛蓝。

我已经耗尽了体力，趴在筏子边上喝了好几口海水。现在我当然知道这对机体是有好处的。可当时我并不知道这一点，我这样做仅仅是因为喉咙实在疼得无法忍受了。我整整七天没喝过一口水，渴的感觉变得十分异样；它一直痛到喉咙深处，痛彻胸骨，连锁骨下面都疼痛难忍。那也是憋气后的一种绝望。海水能稍稍缓解一点这疼痛。

暴风雨过后，大海往往是碧蓝碧蓝的，就像风景画：要是在岸边，会看得到海面上静静地漂着被暴风雨拔起的树干树根。海鸥们也都纷纷出动，在海面飞翔。这天早晨，风停了下来，海面亮闪闪的，筏子笔直轻快地向前滑行。海风温暖舒适，我的身体和精神都得到了些许恢复。

一只硕大的黑色海鸥在筏子上空盘旋，它看起来年岁不小了。毫无疑问，我应该离陆地不远了。几天之前我逮到的那只海鸥很年轻。而年轻的海鸥能飞行很长的距离。有人在离岸几百海里的地方都遇见过它们。可一只又大又笨重的老海鸥，比如说第八天在我的筏子上空飞过的那一只，应该不会离开海岸一百海里以上。我打起精神，又有了坚持下去的力量。就像头几天一样，我又开始在海平面上搜寻起来。海鸥成群结队在四周翱翔。

我觉得自己有了伴，很开心。我也不觉得饿了。海水也喝得更勤了。一大群海鸥在我头顶盘旋，我顿时觉得自己不再孤单。我想起了玛丽·埃德瑞斯。"她怎么样了？"我这样问自己，耳边响起了看电影时她为我翻译对白的声音。说来也巧，就在这一天（不知为何，那是我唯一一次想起玛丽·埃德瑞斯，没准是因为天空中到处飞翔的海鸥吧），玛丽正在莫比尔的天主教堂里为我做安灵弥撒。那次弥撒，据后来玛丽往卡塔赫纳给我寄的信上说，正是在我失踪后的第八天举行的，为了让我的灵魂得到安息。现在我觉得，其实也是为了让我的肉体得到休息，因为那天上午，就在我想起玛丽·埃德瑞斯的时候，她正在莫比尔参加弥撒，而我在海上看着那些海鸥，心情很愉快，因为海鸥意味着离陆地不会太远了。

我差不多一整天都坐在筏沿上，瞭望着海平面。天空清澈透亮。我敢肯定，在五十海里开外的地方，我看见了陆地。筏子在前进，就连双人四桨都不可能达到这个速度。它在平静湛蓝的海面上笔直前行，就像是有发动机在推动似的。

一个人在筏子上待了七天，一定能察觉到海水颜色最细小微妙的变化。三月七日下午三点半，我发现筏子进入了一片水域，那里的海水不再是蓝色，而是墨绿色。有一刻，我甚至看见了两种海水的分界线：这边是我七天以来一直看见的蓝色海面；而那一边，海水是绿色的，明显更浓烈。天空中满是海鸥在飞翔，而且飞得很低很低。它们飞过我头顶时，

123

我能感觉到它们翅膀扇起的劲风。这些征兆再明白不过了：海水颜色的变化，成群的海鸥，这一切都在告诉我，今夜我不能入睡，要随时保持警觉，以便发现岸上的灯光。

Part 10

希望丧失……唯有死亡

在海上的第八个夜晚，我不需要再强迫自己入睡了。那只老海鸥从九点起就歇在筏沿上，一整夜都没离开过筏子。而我靠在唯一剩下的半截船桨上，就是被鲨鱼咬断的那支。夜里很平静，筏子仍在笔直地朝着某处航行。"会到达哪里呢？"我不时这样问自己。因为有那些征兆（海水的颜色和那只老海鸥），我确信自己第二天就会登上陆地，但这筏子会在风的推动下到达什么地方，我一点概念都没有。

我也不知道这筏子是否还保持着最初的方向。如果它一直是沿着飞机的航线走，很可能会到达哥伦比亚。可若手里没有指南针，你是没办法知道方向的。如果筏子是一直向南，毫无疑问会到达加勒比海在哥伦比亚的海岸。可它同样有可能是在向北航行。如果是那样，我就不可能知道自己身在何方了。

临近半夜，当我困得躺下来时，那只老海鸥来到我身旁，在我头上啄了几下。一点儿也不疼。它啄得很轻，没有伤着我的头皮，就好像在抚摸我一样。我又记起驱逐舰上的枪炮长跟我说过，对水手而言，杀死海鸥是很不体面的行为，我心里涌上一股对那只被我无端杀死的小海鸥的愧疚之情。

我搜寻着海平面，一直到破晓时分。这天夜里倒不算冷。可我没有看见一丝灯光，也没有看见任何靠近海岸的迹象。筏子在清澈而宁静的海水中滑行，而我四周的亮光，唯有闪闪的繁星。当我完全平静下来的时候，那海鸥仿佛也睡着了。它还站在筏沿上，头低垂着埋在翅膀里，许久一动不动。可只要我稍稍一动，它就会跳起来，轻啄我的头。

天快亮的时候，我换了个姿势，让脚靠近海鸥的位置。我感到它啄了啄我的鞋子。然后它就顺着筏沿走了过来。我一动不动。海鸥也站住了。接着它又挪到我的脑袋旁边，再次停住不动。可只要我的头稍稍一动，它就会在我的发间温柔地啄几下。最后那好像变成了一场游戏。我换了好几次姿势，每一次它都会跑到我的脑袋这边来。天亮以后，我也没什么必要再那样小心了，一伸手，便抓住了它的脖子。

我并不想把它弄死。先前那只海鸥的经历告诉我，那只会是无谓的牺牲。肚子饿归饿，但这只海鸥是我的朋友，它陪了我整整一夜，对我没有丝毫伤害，我完全不想拿它来充饥。我抓住它的时候，它张开了双翅，挣扎着想逃走。我把它的翅膀在脖子上交叉起来，让它不能再动弹。就在这时，它抬起了头，于是在晨曦中，我看见它那双透明的眼睛里充满了惊恐。就算在某个时刻我真准备把它扯成几块，但只要看见它那双大大的忧伤的眼睛，我也一定会打消那个念头的。

太阳早早就升起了，从早上七点开始就炙烤着大气。我仍然躺在筏子上，手里攥着那只老海鸥。海水和前一天一样，依然碧绿而深邃，可往任何一个方向都看不到靠近海岸的迹象。空气闷热到令人窒息。于是我放开了我的囚徒。老海鸥抖了抖脑袋，箭一般地飞上了天空。片刻之后，便和海鸥群混在了一起。

这天早晨——我在海上度过的第九个早晨——太阳比前

几天更加炽热。我十分注意不让阳光直射我的胸肺，但这样一来背上却燎起了许多大水泡。我不得不将用来倚靠身体的船桨挪到一边，把身体泡进水里，因为脊背一接触到木头就疼得受不了。我的肩膀和胳膊也都晒伤了。我甚至不敢用手指头去碰我的皮肤，因为一旦碰到什么，那地方就像是有鲜红的火炭在燎烤。我的眼睛也发了炎。我无法把目光集中到任何一个点上，因为那样一来空中便会满布一个个亮闪闪、炫人眼目的圆圈。在这一天之前，我还没有意识到自己的身体状况已经如此糟糕。在苦咸的海水和炎炎烈日的双重作用下，我体无完肤。胳膊上的皮肤可以随便就撕下一长条，露出底下红红的、光滑的一层肉。紧接着，撕了皮的那一块就会疼得颤抖，从毛孔中渗出鲜血。

我也没有注意过自己的胡子。我有十一天没刮胡子了。浓密的胡须一直长到了脖颈，可我连摸都不敢去摸，因为皮肤被太阳晒得通红，钻心地疼。我一想到自己那憔悴的面孔和满是水泡的躯体，便会记起自己在这些孤独绝望的日子里受过的罪，就再一次陷入绝望。没有任何靠近海岸的迹象。已经是正午时分了，我对能找到陆地已经不抱什么希望。就算筏子走得再远，如果这个时候四下里还没有一点陆地的影子，天黑之前我是绝不可能漂到某一处海滩上的。

"我想死"

我用十二个小时建立起来的快乐只要一分钟便消失得无影无踪。我的精力在衰减。我停止了所有努力。九天以来，我第一次趴了下去，把满是大水泡的脊背冲着太阳。我这样做的时候，对自己的身体已毫无怜悯之心。我很清楚地知道，若是这样下去，不用等到天黑，我就会窒息而死。

有那么一段时间，疼痛的感觉也消失了。感官失灵后，理性思维能力便也迟钝起来，最后，对时间和空间都没了概念。我就这样脸朝下趴在筏子里，胳膊搭在筏沿上，下巴搭在胳膊上，一开始，我还能感觉到阳光在无情地撕咬着自己。一连几个小时，我的视线里布满了一个又一个耀眼的光点。我终于虚弱不堪地闭上双眼。然而这时我的身体已经感觉不到太阳的炙烤。我不饿也不渴，什么感觉都没有了，只剩下一种看透生死的全然冷漠。我想，我就要死了。这样一想，心里反倒又有了一种奇特又含糊的希望。

等我再睁开双眼时，我又来到了莫比尔。天气十分闷热，我正和驱逐舰上的伙伴们去参加一次露天聚会，和我们在一起的还有一个犹太人，叫马赛·纳赛尔，他是莫比尔一家商场的店员，我们这群水兵常去他那儿买衣服。那几张名片就是他给我的。在我们的舰船大修的那八个月里，马赛·纳赛尔负责招呼我们这群哥伦比亚水兵，而因为感激，我们也只去他的店里买东西。他讲得一口好西班牙语，尽管他跟我们说过，他从来没在讲西班牙语的国家待过。

这天，和每个星期六一样，露天咖啡座里只有犹太人和我们这群哥伦比亚水兵。用木板搭成的台子上，每周六都来的那个女人正在跳舞。她露着肚皮，蒙着面纱，和我们在电影里见过的阿拉伯舞娘一模一样。我们不时鼓鼓掌，一面喝着罐装的啤酒。我们中间最快活的就数马赛·纳赛尔了，这个莫比尔的犹太人店员，他总是把又好又便宜的衣服卖给我们。

就这样，我沉浸在莫比尔聚会的幻觉中，迷糊昏沉，也不知道过去了多长时间，只知道自己突然在筏子上跳了起来，发现天色已近黄昏。然后，就在离筏子五米远的地方，我看见一只巨大的黄色海龟，长了个带虎皮纹的大脑袋，两只眼睛定定的、不带任何表情，就像两个巨大的玻璃球，正盯着我看，那模样十分阴森可怕。开始我以为这又是幻觉，便心惊胆战地坐了下去。这个硕大的家伙，从头到尾足有四米长，在看见我动弹后，便沉到了水里，留下一串气泡。我不知道这是真事还是幻觉，直到现在我也不敢肯定那只海龟是真是假，但在好几分钟的时间里，我亲眼看见那只黄色大海龟就在筏子前方游着，只露出那个可怕的、噩梦般的大脑袋。我只知道——真海龟也好假海龟也罢——它只要稍微碰一下我的筏子，筏子就会原地转上好几圈。

看见那么可怕的东西使我又有了恐惧。而那时，正是那种恐惧让我重新鼓起勇气。我一把抓起那半截船桨，坐在筏子上，准备拼死一搏，不管对手是这头怪物还是别的任何胆敢来撞翻筏子的家伙。快五点钟了。鲨鱼群一如既往地准时出现在了海面上。

我往筏子上我刻下日期的那边看了看，一数有八道刻痕。

我想起来了，今天我还没刻呢。我用钥匙划了一下，坚信那应该是最后一道了。我心里既绝望又愤怒，因为显而易见，对我来说死去比活下来还要难。那天上午我已经在生与死之间做出决定，我选择了死。可到现在我还活着，手里还握着半截断桨，准备为了活下去而奋力一战。我这是在为唯一一件我已经毫不在意的东西而奋战吧。

神秘的树根

　　头顶上是放射出炫亮光芒的烈日，心中是无比的绝望，再加上口渴难忍，就在这时，一件令人难以置信的事情发生了：就在筏子的最中央，在绳网上，有一段红色的树根，就像人们在博雅卡捣烂了做染料的那种，叫什么名字我记不起来了。不知道从什么时候起那树根就缠在了那里。我在海上已经漂了九天了，在海面上连一根草都没见过。可那树根就在那里，我甚至不知道它是怎么来的，它就在网绳上缠着，这仿佛又是一个准确无误的信号，附近一定有陆地，只是我还没看到。

那树根大约有三十厘米长。我已经饿得连去想一想饥饿是什么滋味的力气都没有了，但还是不顾一切地把树根放进嘴里嚼了嚼。它有一股血腥味。从树根里挤出来的是一种黏糊糊的油脂一样的东西，味道甘甜，咽到嗓子眼儿里凉凉的。我想这味道像是有毒。可我还是不停地吃着，把那根弯弯曲曲的棍子吞下肚去，连一丁点儿木屑都没剩下。

吃完之后，我并没有觉得好受多少。我突然想到，那会不会是一条橄榄树枝，因为那时我想起来圣经里的一个故事：诺亚把一只鸽子放飞出去，鸽子飞回方舟的时候带来了一根橄榄枝，这意味着洪水已经从陆地上退去了。我想，鸽子衔回来的那根橄榄枝应该就和我刚刚吃下去、一解九天以来的饥饿的树根差不多吧。

一个人也许可以在海上等上一年时间，但总会有那么一天，他觉得连一个小时都等不下去了。头一天我还在想，第二天天一亮我就会到达陆地。二十四个小时过去了，我能看到的仍然唯有水天一色。我什么都不指望了。那是我在海上度过的第九个夜晚。"我已经当了九个晚上的死人了。"想到这里，我心中恐惧万分，这会儿，在我波哥大奥拉亚区约家中，一准聚满了我们家的亲朋好友。这应该是为我守灵的最后一个夜晚了。明天，为我设立的灵堂就要拆掉，慢慢地，对我的死亡，大家也就会接受了。

直到那天夜里，我始终没有失去那最后的遥远希望，希望有人会想起我、来救我。可当我想到，对我的家人来说，这已经是我死后的第九个夜晚，也是为我守灵的最后一晚了，我就觉得自己已经完全被遗忘在海上了。我想，现在我能做的最好选择就是真的死了吧。我在筏子底部躺了下来。我想大声说："我再也不起来了。"可声音哽咽在了嗓子眼里。我想起了我上过的学校。我把卡尔曼圣母像举到嘴边，心中默默祈祷着，我猜想我的家人此刻正在做同一件事情。因为知道自己正在慢慢死去，我感觉好了许多。

Part 11

第十天,又一个幻觉:陆地

第九天的夜晚是我度过的最长一夜。我躺在筏子上，海浪轻轻拍打着筏子。可我的感官都失灵了。伴随着我头边每一记波浪的拍打声，我都感觉是那场灾难又重新上演了。有人说垂死的人会"重蹈他走过的每一步路"。那天夜晚，类似的事就发生在我身上。我又回到了驱逐舰上，回到了二月二十八日的中午时分，我和拉蒙·埃雷拉一起躺在舰尾，躺在一堆冰箱和电炉中间，看着路易斯·任希弗在附近站岗值勤。打在筏子边上的每一个海浪都使我觉得那些货物在翻滚，我在沉向海底，又竭力想浮出水面。

九天以来，我在茫茫大海之上所经历的孤独、痛苦和饥饿、干渴都一一重现，分分秒秒，清清楚楚，就像在电影屏幕上重放。首先是落水。接着是我的伙伴们在筏子周围高声呼救；再接下来是饥渴、鲨鱼和在莫比尔生活的回忆，全都一幕幕地闪过。我预先想了办法避免自己掉进水里。我看见自己又来到了驱逐舰的舰尾，用绳子把自己捆住，不让大浪把自己卷走。我捆得那么用力，把自己的手腕、脚脖子都勒疼了，右边的膝盖尤其疼得厉害。可不管我捆得多紧，浪终究还是打了过来，把我卷入海底。惊魂稍定，我便向上游去。我快要窒息了。

几天前，我也曾想过把自己捆在筏子上。那天夜里我真的该这样做了，可我连爬起来的力气都没有，更别说找到绳网上面的绳子了。我已经不会思考了。九天以来，我第一次无法判断自己的处境。以我当时的情况，那天夜里我没被大浪卷进汪洋大海里，完全是一个奇迹。我恐怕对什么都是视而不见。我的现实世界已经和幻觉混为一体。倘若那时真有个大浪把筏子打翻，兴许我会以为那只是又一个幻觉，觉得自己再一次从驱逐舰上落入海中——那天夜里我无数次有过这种感觉，而且只需要一秒钟，我就会成为九天来一直耐心等在筏子旁边的那群鲨鱼的口中之食。

然而，那天夜里，我的好运气又一次保佑了我。我的感官没了任何知觉，只是在一点点回味这九天的孤独生活，事后再想，我那天就像把自己绑在了筏子上一样安稳。

天亮的时候，风变得冰冷刺骨。我发烧了。浑身滚烫、战栗，那忽冷忽热的感觉深入骨髓。右膝盖又开始疼了。海水里的盐分可以使伤口保持干燥，可它一直没有愈合，和第一天没什么两样。我一直小心翼翼地不去碰它。这天夜里我是趴着睡的，这样一来，膝盖就碰到了筏底，伤口在抽痛。现在想起来，那伤口可以说救了我一命。黑雾之中，我的痛感回来了。我对自己的身体也就有了知觉。我感到冰冷的风吹在我烧得通红的脸庞上。现在才知道，之前好几个小时里，我一直在说胡话，和伙伴们聊天，还在一处音乐很刺耳的地方和玛丽·埃德瑞斯吃冰激凌。

也不知道过去了多少个小时，我觉得头疼欲裂。太阳穴那里一抽一抽的，浑身的骨头都痛。我能感觉得到，膝盖那里的肉露了出来，已经肿得麻痹了。就好像膝盖变大了，比我的身体还要大。

天明的时候我意识到自己还在筏子上。可我一点儿也不知道我这样待了有多久。我费了好大力气才想起来，我曾经在筏沿上划下几道痕迹。可最后一道是什么时候划的？我无论如何也想不起来了。我觉得，自从那天下午我找到缠在网绳上的树根并把它吃下去之后，已经过去了很长时间。那是一场梦吗？我嘴里还有一丝黏稠的甜甜的味道，可当我回想吃的是什么东西时，我却把它忘得一干二净。它没能让我恢复元气。我把它吃得一点儿不剩，可我的胃里还是空空荡荡的。我精疲力竭。

从那时起过去了多少天？我知道天快亮了，但我不知道自己已经在筏子里经过了多少个虚脱的夜晚。我静候死亡降临，而死亡好像比陆地还要遥远。天空转红，像晚霞一样。这也让我迷惑：我分不清这是又一次黎明还是又一次黄昏。

陆地！

膝盖上的伤口实在疼痛至极，我只有设法变换一下姿势。

我想翻个身，但根本办不到。我太虚弱了，连站起来的力气都没有。我动了动那条受伤的腿，用两只手撑在筏子底部，把身体支了起来，再仰面朝天倒下去，头就倚在筏沿上。看天色明显是黎明。我看了看手表。是早上四点钟。每天这个时候我都会往海平面上瞭望。可我已经不再指望能找到陆地了。我继续仰望天空，眼见它从火红色变成淡蓝色。风依然冷飕飕的。我感觉自己在发烧，膝盖的痛仿若酷刑。我因为还没能死去，心情糟透了。我浑身绵软，仍然活着。想到这一点我觉得又茫然又失落。我先前以为自己肯定熬不过那一夜。然而我又进入了新的一天，还是老样子，依然在筏子上受煎熬，这新的一天，空洞的一天，依然是无可忍受的炎炎烈日，依然有下午五点便来到筏子四周的成群鲨鱼。

天空变蓝了，我又一次向海平面看去。四下里到处都是平静的碧水。可就在筏子的正前方，在晨曦之中，我看见了一道长长的浓密阴影。就在清澈的天空之下，那里现出了椰树的形状。

我心中升起一团怒火。一天之前我在莫比尔参加了聚会，后来又看见一只黄色的大乌龟，夜里我回了趟在波哥大的家，去了一趟拉萨耶·德威森西奥学校，还和我在驱逐舰上的伙伴们待了好一会儿。这会儿我倒看见陆地了。如果这样的景象出现在四五天以前，我可能会高兴得发疯。我可能会让这条筏子见它的鬼去，纵身跃入水中，飞快地游向岸边。

但如今我已对幻觉有了心理准备。椰树看上去太清晰了，一点儿都不像是真的。此外，它们忽远忽近。有时好像就在筏子旁边，可过了一会儿，又好像离我有两三公里远。所以，我心里实在高兴不起来。我还是想一死了之，我不想因为这些幻觉把自己弄得神经错乱。我把目光又转向了天空。此刻蔚蓝色的天空深邃莫测，万里无云。

四点四十五分，海平面上透出霞光。我先前一直对黑夜心存恐惧，可这会儿在我看来，白天的太阳才是我的敌人。一个巨大无比、毫不留情的敌人，它噬咬着我伤痕累累的皮肤，用饥渴折磨着我。我诅咒太阳。诅咒白天。也诅咒自己的命运。命运让我在海上绝望地漂流了九天九夜，真不如让我饿死算了，或是让一群鲨鱼把我咬得死无全尸。

我觉得浑身不舒服，便在筏子底部寻找那半截断桨，想枕在上面。我这个人睡觉时枕头一向不能太硬。可那时，我

144

发狂地寻找那支被鲨鱼咬得仅剩半截的船桨，只是想把头枕在上面歇一歇。

　　船桨就在筏子底部，还在绳网上系着。我把它解了下来，垫在我疼痛难忍的后背下，这样一来，我的头就可以靠在筏沿上了。就在这时，在冉冉升起的旭日的映照下，我清清楚楚地看见一道长长的绿色的海岸线。

　　快五点了。清晨晴空万里。毫无疑问，那真的是陆地。多日以来所有的空欢喜——看到飞机，船舶的灯光，海鸥，认出海水颜色的改变——都在见到陆地的瞬间席卷而来，尽数重现。

　　那时，就算我刚刚吃下两个煎鸡蛋、一块肉、一杯牛奶咖啡，外加面包——驱逐舰上标准的早餐，恐怕也不会像看到陆地后那样浑身充满了力气，我确信自己是真的看见陆地了。我纵身跃起。我看得一清二楚，就在正前方，那里有海岸线的暗影，还能看出椰树的轮廓。我没有看见灯光。可就在我的右手边，大约十公里左右远，朝阳发出的第一缕光芒映照在一道悬崖上，反射出耀眼的白光。我欣喜若狂，一把抓住我仅剩的半截船桨奋力划水，让筏子直直地朝海岸驶去。

我估计从筏子到海岸还有差不多两公里的距离。我的双手已经烂得不成样子，一用力，后背就更是疼痛难忍。可此刻陆地已经近在眼前，如果放弃，我这九天以来——加上这刚刚开始的一天应该算十天了——全部的努力就白费了。我浑身冒汗。清晨的冷风又吹干了汗珠，寒入骨髓，我继续划着。

可陆地到底在哪儿？

对筏子而言，那根本就算不上一支船桨。顶多算一根木棍，甚至不能用作测量水深的探杆。在最初几分钟里，凭借那股让我热情迸发的奇异力量，我还向前划行了一小段。可很快我便没了力气。我把桨抬了起来，朝着眼前变近的那一片茂盛植被察看了一番，才发现有一股与海岸平行的水流正在把筏子冲向那边悬崖的方向。

我真后悔把另外两支船桨弄丢了。我心里明白，只要有一支完完整整的桨，而不是我手上这支被鲨鱼咬得只剩下半截的木棍，我准能战胜这股海流。过了一会儿，我又想，要不然干脆耐住性子，等筏子被冲到悬崖那边。在初升阳光的照耀下，那悬崖就像座放出万道金光的大山。说来真是万幸，眼看陆地近在咫尺，我又如此渴望大地，简直无法忍受不去登陆的失望，这才躲过一劫。后来我才知道，那地方是卡里巴纳角的岩礁，倘若我真的被海流冲到那里的话，我早就在礁石上撞得粉身碎骨了。

我尝试估量了一下自己的力气。要想到达岸边我得游上两公里。状态好的情况下，游完这段距离我用不了一个小时。可这会儿，除了一小块鱼肉和一截树根，我已经十天没吃东西了，全身都是被太阳晒出来的水泡，膝盖也受了伤，我实在不知道自己还能游多长时间。可那是我最后的一线生机。我根本没有时间仔细权衡。我也来不及去想会不会有鲨鱼。我把桨一扔，眼一闭，便跳进了水中。

一接触到冰冷的海水，我浑身一激灵。在水平面上我看不见海岸。一下水我就发现自己犯了两个错误：我既没有脱掉衬衫，也没有系紧鞋子。在开始游泳前必须解决好这两件事。我尽量让自己不要沉下去，脱下衬衫，把它牢牢系在腰间。又把鞋带系紧。这时我才开始游泳。一开始我只是拼命地游。

后来我才慢慢冷静下来，每划一下水，我都觉得力气快要用尽，而且现在连陆地也看不见了。

游了不到五米，我感觉到挂在脖子上的卡尔曼圣母像的链子断掉了。我停下来，趁它还没沉入海面下的绿色漩涡，一把抓住了它。没时间把它藏进口袋里了，我用牙齿紧紧咬住圣母像，继续向前游去。

我感到力气在不断衰减，可还是看不到海岸。这时，恐惧再次占据了我的心：那陆地该不会又是一场幻觉吧？冰凉的海水使我稍稍振作，知觉也慢慢恢复了，我拼命地朝着我幻觉中的海岸游去。我已经游了挺远的距离，再游回去找我的筏子已经全无可能。

Part 12

复活在异乡的土地上

拼命游了十五分钟之后，我终于又看见了陆地。它离我还有超过一公里的距离。可此时我心里已经毫无疑虑了，这不是幻觉，真的是海岸。阳光把椰树的树冠染成了金黄色。岸上没有灯光。从海里看过去，岸边没有村子，连房子都没有。可那确实是陆地。

二十分钟后我就觉得自己已经精疲力竭了，可我坚信自己一定能游上岸。我信心满满地游着，尽量不让自己因过度兴奋而失去控制。我半辈子都是在水上度过的，可我从未像三月九日早晨那样，懂得并且珍惜游泳的重要性。每划一次水我便感到自己的力量又少了一分，但依然坚持奋力向岸边游去。随着距离越来越近，我越清楚地看见椰树的婆娑树影。

太阳出来的时候，我觉得应该能踩到海底了。我试了试，海水还很深。很明显，我还没到海滩。离岸这么近了，海水还是很深，也就是说我还得继续游。我也不知道自己游了有多长时间，只知道越靠近岸边，晒着我头顶的太阳就越热，不过现在阳光不再使我的皮肤难受，反倒让我的肌肉力量倍增。刚下水没游出几米的时候，我还曾担心冰冷的海水会不会引起抽筋。实际上，我的身体很快就发热了，然后水也不那么冷了，我疲惫地游着，像是身处云雾之中，然而我心里的勇气和信念压倒了饥渴带来的困苦。

早晨的温暖阳光下，我清清楚楚地看见了岸上浓密的草木，这时我第二次试探能不能踩到海底。大地就在那里，就在我的脚下。在海上漂流十天之后，再次踩到陆地，实在是一种很奇特的感觉。

但很快，我就发现难关尚未克服。我没了一点力气。连站都站不住。回头浪在猛烈地把我推回大海。我用牙齿紧紧咬着卡尔曼圣母像。湿衣服和胶鞋重得要命。可即便是在这样极端的处境中，人还是有羞耻心的。我想，再过一会儿就会碰到人了。尽管身上的衣服使我每前进一步都很困难，尽管我感到精疲力竭马上就要昏倒，我还是没有把衣服脱掉，而是继续和回头浪奋力搏斗。

海水齐腰深了。经过一番绝望的努力，终于，水只齐我大腿深了。于是我决定爬着走。我用双膝和双手着地，努力向前爬去。可事与愿违，浪头把我卷向后方。粗硬的沙粒摩擦着我膝盖上的伤口。我知道伤口那里在流血，可我并不感到疼痛。我的手指肚也都磨得见了肉，沙子钻进指甲里，钻心地疼，但我还是用手指抠住地面，拼命向前爬行。突然，一阵恐惧向我袭来：陆地呀，阳光照耀下金光闪闪的椰树呀，全都在我眼前摇晃起来。我觉得自己正在流沙之上，被大地吞噬。

不过，这应该是疲劳过度而产生的幻觉。想到自己很有可能身处流沙区，这个念头唤起了我无比的力量——由恐惧转化而来的力量，我忍住疼痛，不顾自己鲜血淋漓的双手，迎着海浪继续爬行。十分钟后，一切一切的痛苦，连同十天以来的饥饿和干渴，整个儿压在了我的身上。我半死不活地躺在了温暖坚实的沙地上，脑子一片空白，没有感谢谁，也没有感到一丝一毫的喜悦，虽然自己在毅力和希望的支撑下，怀着不懈的求生意志，登上了这片安静而陌生的海滩。

人的足迹

登上陆地后，你首先注意到的是一片寂静。在你有所感觉之前，就已经陷入了这巨大的沉默。片刻之后，你会听见浪花拍打海岸的声音，那声音遥远而又忧伤。然后，是微风吹过椰树叶的沙沙响声，这强化了你的感觉，你真真切切地在陆地上了。当然，接下来你就知道，自己得救了，尽管还不知道身处何方。

等我躺在沙滩上恢复感官知觉后，便开始打量这个地方。这是个荒僻之地。我本能地寻找着人的足迹。离我六约二十米远的地方，有一处带尖刺的铁丝网。那里有一条弯弯的小路，上面有牲畜走过的蹄印。路旁还可以看见被砍开的椰子壳。这本只是证明此处有人烟的最微不足道的证据，但对那时的我来说不亚于一种神启。我兴奋得不知所以，把脸贴在沙子上，等候着。

等了差不多十分钟。我一点一点地恢复了体力。已经六点多钟，太阳完全升起来了。就在小路旁边，碎椰子壳那头，还有几个完整的椰子。我朝它们爬了过去，让自己靠在一棵树干上，然后把一只光溜溜的、一点儿缝隙都没有的椰子用膝盖紧紧夹住。就像五天前我摆弄那条鱼一样，我迫不及待地想在椰子上找到一个可以下手的地方。每转动一次椰子，我都能听见里面汁水的激荡声。那低沉的汩汩流动的响声更搅得我干渴难耐。我的胃很疼，膝盖那里的伤口在流血，皮开肉绽的十根手指一抽一抽的，隐隐作痛。我在海上漂流的十天里，从来没有想过自己会疯掉。可那天早晨，当我把椰子转来转去，想找一个软一点的地方钻个眼，听着清凉新鲜的汁水就在我两手之间汩汩作响而我却无法喝到时，我觉得自己要疯了。

每个椰子的顶上都有三个小孔，呈三角形排列。可要想找见它们就得先用砍刀把皮削掉。我手头只有几把钥匙。我一次又一次地试图用钥匙钻透那层结实粗糙的外壳，可一切都是徒劳。终于，我认输了。我恼怒万分地把椰子扔出去的时候，依然能听见汁水的荡漾。

最后一线希望在那条小路上。我身边那些碎椰壳告诉我，曾经有人来过这里摘椰子。它们告诉我，有人每天都会爬到椰树上，然后把椰子皮削掉。此外，所有这些还向我昭示，有人居住在离这儿不远的地方，因为不会有人仅仅为了几只椰子大老远地跑到这里来。

我靠在一棵树干上，正在想着这些，忽然听见从很远的地方传来狗叫声。我警觉起来，全部感官高度集中。片刻之后，我清清楚楚地听见了金属撞击的叮当声，沿着那条小路越来越近了。

那是一个黑人姑娘，非常非常瘦，很年轻，穿了身白衣裳。她手里拎了一只铝皮小锅，锅盖没盖严，每走一步就发出叮当叮当的响声。"我这是到了哪个国家呀？"我暗自思忖，眼见那黑人姑娘越走越近，看着像是牙买加人。我一下子想起了圣安德烈斯岛与普罗维登西亚岛。安的列斯群岛大大小小的岛屿都在我脑子里过了一遍。那个姑娘是我第一个、不过也可能是最后一个希望。"她能听懂西班牙语吗？"我带着这样的疑问，想从姑娘脸上看出点儿什么来。她并没有看

156

见我，仍旧漫不经心地在小路上踢踢踏踏地走着，皮凉鞋上沾满了土。一定不能错失这个机会，我是如此迫切，心里突然生出一个古怪念头，如果我跟她说西班牙语，她会听不懂的；然后我就会被遗弃在那里，遗弃在小路旁边。

"Hello! Hello!"我急切地呼唤着。

姑娘转过身来看着我，眼睛瞪得大大的，眼仁白白的，透出惊恐。

"Help me!"我又叫了一声，心想她一定是听懂了。

姑娘犹豫了片刻，四下里看了看，顺着小路飞跑而去，被吓得不轻。

人、驴和狗

我觉得自己会死于悲痛。有一瞬我仿佛看见自己已经死在了那里，被一群秃鹫啄食得七零八落的。可没过多一会儿，我又听见了狗叫声。声音越来越近，我的心脏怦怦乱跳。我用手掌撑起身体。我抬起头。我等待着。一分钟。两分钟。

157

狗叫声越来越近。突然，四周都安静下来。接着只能听见浪花拍打海岸和风从椰林中穿过的声音。在经历了我这一生中最漫长的一分钟后，一条瘦骨嶙峋的狗出现了，后面紧跟着一头驴，驴背上还驮着两个筐。狗和驴后面出现了一个白人，他脸色苍白，头上戴了顶草帽，裤腿一直卷到膝盖上，背上斜背了支卡宾枪。

那人在小路拐弯的地方一露面，便惊讶地看着我。他停下了脚步。那狗将尾巴竖得笔直，过来嗅了嗅我。那人一动不动，一声不吭。过了一会儿，他取下卡宾枪，把枪托支在地上，继续打量着我。

不知为什么，我总觉得自己是在加勒比海的某个地方，反正不会是在哥伦比亚。我不知道那人能不能听懂我的话，还是决定讲西班牙语。

"先生，帮帮我！"我说道。

他没有立即回答，而是带着神秘莫测的神情继续打量着我，眼睛一眨不眨，枪还是支在地面上。"现在就差他给我一枪了。"我心灰意冷地想道。那狗在我脸上舔来舔去，而我连躲开它的力气都没有。

"帮帮我！"我又说了一遍，心中半是希望半是绝望，担忧他听不懂我在说什么。

"您怎么了？"他问我，语气很是和蔼。

听到他的声音，我意识到在此刻，比起干渴、饥饿和绝望，更折磨我的是讲述我全部经历的愿望。我差点儿被自己的话噎住了，一口气不带喘地对他说道：

"我是路易斯·亚历杭德罗·贝拉斯科，海军卡尔达斯号驱逐舰上二月二十八日落水的水兵之一。"

在我想来，没有人会不知道这件事。我以为只要我报出家门，那人便会立即上前帮助我。可他面不改色，还是站在原地看着我，完全没有理会那条狗过来舔我受伤的膝盖。

"您是卖鸡的水手？"他这样问我，兴许是想到了那些沿着海岸线倒卖猪和各种家禽的货船。

"不。我是海军水兵。"

直到此刻那人才算动了动身子。他把卡宾枪重新挎到后背，又把草帽往后推了推，对我说："我得把这些金属线送到港口去，然后再回来找您。"我觉得我又要失去一次机会了。"您肯定会回来吗？"我几乎是在哀求。

159

那人回答说是的，他绝对会回来的。他和气地朝我笑了笑，便跟在毛驴后面继续赶路了。那条狗还留在我身边，在我身上嗅个不停。直到那人走远了，我才想起来那个问题，几乎是吼叫着问他：

"这里是哪个国家？"

他非常冷静地说出了一个词作为回答，这答案是我当时万万没有想到的：

"哥伦比亚。"

Part 13

六百人簇拥我到达圣胡安

他说到做到，果然回来了。我没等多久，不超过一刻钟，他就赶着驴回来了，驴背上两个筐都空了，来的还有那个拎着铝皮小锅的黑人姑娘，后来我得知那是他妻子。而那条狗一直都没有离开。它不再舔我的脸和伤口，也不再围着我嗅来嗅去。它在我身边卧了下来，一动不动，似睡非睡，直到看见那头毛驴出现。它跳起身来，尾巴摇个不停。

"您还能走路吗？"那男人问我。

"我试试看吧。"我对他说。我试图站起身来，却迎面扑了下去。

"还不能。"说着那人扶住了我，没让我摔倒在地。

163

他和他的妻子一起把我扶上了驴背，又一边一个托着我的胳膊，催动了毛驴。狗蹦蹦跳跳地走在前面。

沿路到处都是椰子。在海上我忍住了口渴。可到了这里，骑在驴背上，沿着狭长弯曲、两旁长满了椰树的小路前行，我觉得我一分钟都忍不住了。我请那男人给我点儿椰汁喝。

"我没带砍刀。"那男人说道。

可他没说实话。他腰里明明就挎着一把砍刀。那时那怕我还有一点点力气，都会把他的砍刀抢过来，削开一只椰子，把里头的汁水一股脑儿喝下去。

后来我才明白那男人为什么不肯给我椰汁喝。他事先去过离发现我的地方大约两公里的一户人家，那家人告诉他，在医生没给我做检查之前，最好不要给我吃的。而最近的医生在圣胡安－德乌拉巴，离这里有两天路程。

走了不到半个小时，我们就到达了一所房子。那是路边一座简陋的小屋，用木板搭起来的，房顶上铺着锌皮。那里有三个男人和两个女人。他们一起动手把我扶下了驴背，带进卧室，让我躺在一张粗布床上。一个女人去了趟厨房，端来一小锅用桂皮煮的茶，在床边坐下，用勺子喂我。我急不可耐地喝下第一口，等到第二口下肚，我就觉得自己重振了精神。于是我不想再喝了，只想倾诉自己的经历。

他们谁也没听说过那次事故。我尽量给他们解释，把事情原原本本地告诉他们，想让他们知道我是怎样逃过一劫的。我先前一直以为，不管自己是到了这个世界的哪个角落，人们都会知道那次海难的。当我了解到自己想错了，不免有点沮丧，这时那女人还在一勺一勺地喂我喝桂皮茶，就像是在喂一个生了病的孩子一样。

我好几次坚持要给他们讲我身上发生的事。四个男人以及两个女人只是站在床前看着我，不为所动。仿佛是在举行某种仪式。如果不是因为已从鲨鱼嘴里、从十天以来海上无数次险情当中死里逃生而心生欢喜，我一定会想，这些男男女女恐怕不是我们这个星球上的人吧。

故事终于有人信了

喂我喝桂皮茶的女人很和气，却不容我展开话题。每次

165

我想讲讲自己的故事时，她总是对我说：

"现在您什么话都不要说。以后再慢慢讲给我们听。"

那时的我无论手边有什么东西都能吃下肚去。午饭的香气不断从厨房飘来。可不管我怎么央求都无济于事。

"等医生来看过您之后，我们会给您吃东西的。"他们这样告诉我。

可医生一直没来。每隔十分钟他们便喂我喝几小勺糖水。女人当中最小的那个还是个孩子，她用布条蘸温水替我擦拭了伤口。一天就这样慢慢地过去了。我心里也慢慢轻松了许多。我确定自己遇上了好人。如果她们不是一点一点喂我糖水，而是一下让我吃个饱，我的身体肯定会受不了的。

在路边遇见我的那个男人名叫达马索·依米特拉。三月九日，也就是我爬上海滩的那一天，上午十点钟，他去了邻近的穆拉托斯村一趟，回到我所在的路边小屋时带来了几名警察。他们也对发生过的惨剧一无所知。穆拉托斯村就没人听说过那件事。那个村子里没有报纸。只有一家小店铺旦安了个发电机，带动一个收音机和一台电冰箱。但平时也没人听新闻。后来我才知道，当那天达马索·依米特拉告诉警长说在海滩上发现了虚弱不堪的我，我还自称是卡尔达斯号驱逐舰上的一员时，他们就启动了发电机，整整一天都在听卡塔赫纳的新闻报道。可那时收音机里已经不再谈论那次事件了，直到天黑以后，才有只言片语提及那次事故。于是，上至警长，下至全体警员，再加上穆拉托斯村里的六十个人，都出动前来帮助我。夜里十二点刚过，他们涌入小屋，吵吵嚷嚷地把我从梦中惊醒。那可是我十二天以来睡的第一个安稳觉。

天还没大亮，小屋里就挤满了人。整个穆拉托斯村的人——男女老少都有——全都赶来看我。那是我第一次碰到那么一大群充满好奇的人，在之后的日子里，我倒是有了不少与类似的人群相处的经历。人们举着马灯，打着手电筒。当警长和他的手下把我从床上抬起来的时候，我只觉得后背上被太阳晒脱了皮的地方撕裂般地疼。真是乱作了一团。

那天天很热。在那样一群关切的面孔包围之下，我觉得自己都快喘不上气来了。来到路上，无数马灯和手电筒齐刷刷地照在我脸上。我什么都看不见，只听得耳边的窃窃私语，以及警长大声发号施令的声音。我既不知道时间也不知道去向。自打我那天从驱逐舰上落水之后，我所做的一切无非就是漫无头绪地移动。这一天清晨，我继续移动着，不知道目的地，甚至也不知道这群辛勤友好的人准备把我怎么样。

苦行僧的故事

从我被发现的地方到穆拉托斯村的路很长，也很不好走。人们把我安置在一张用两根杠子挂起的吊床上。每根杠子的两头各有个人抬着，在灯火的照耀下，行进在一条狭长而弯曲的小路上。我们明明是在露天地里行走，可被灯光一照，感觉就像是在一间密不通风的屋子里一样热得难受。

八个人分两组，每半小时一换。换岗时，他们会给我喝点儿水，吃几块苏打饼干。我倒是很想知道他们准备把我抬到哪里去，想拿我怎么样。可那群人之间什么都谈，就是不谈这个。人人都在开口说话，只除了我。领队的警长不允许任何人走到我身边来和我说话。远远地我能听见人们的叫喊声、号令声和议论声。我们到达穆拉托斯村的那条长街时，警察根本无法阻止涌上前来的人群。这时大概是早晨八点钟。

穆拉托斯是个小渔村，没有电报所。离它最近的镇子是圣胡安－德乌拉巴，那儿一周两次有小飞机从蒙特利亚飞来。我们到达村子的时候，我还以为已经到了某个大地方，满心以为就会有家人的消息了。实际上穆拉托斯不过是这趟行程的中点。

他们把我安顿在一户人家，全村的人都排着队过来看我。这使我想起了两年前在波哥大，有一次我花了五生太伏去参观一个苦行僧。当时要想去看，得排好几个小时的长队，等上足足一刻钟才勉强能前进半米。而等你最后进到苦行僧待的房子里，只见他被装在一个玻璃柜里，你就什么都不想看了，只想快快从那里出去，活动活动腿脚，呼吸一点新鲜空气。

那苦行僧和我的唯一区别就是，他被装在玻璃柜里。当时他九天九夜没吃一点儿东西，而我在海上漂了十天，外加在穆拉托斯村一间卧房的床上躺了一整天。我看见一张张面孔在我面前晃过，有白的，也有黑的，没完没了。天热得让人难受。那时的我已经恢复得不错了，甚至还有点幽默感，心想，完全可以安排一个人守在门口卖票，放人进来参观一个海难幸存者。

人们又是用那张把我送到穆拉托斯村的吊床，把我送到了圣胡安－德乌拉巴。只是随我前往的人多出了好几倍。估计不少于六百人。队伍里还有女人、孩子和牲畜。有些人骑着驴，但大多数还是步行。这一路我们走了差不多一整天。整个路途中，六百人轮流簇拥着我，我觉得自己的体力在渐渐恢复。我猜此刻的穆拉托斯村大概空无一人了吧。那天一大早，发电机就开始工作，收音机的音乐声传遍了村子的每一个角落。热闹得像是赶集一样。而我作为这场盛会的中心和源起，继续躺在床上，全村的人又一次排成长队来看我。就是这同一群人，不忍心让我一个人上路，便组成浩浩荡荡的队伍陪我去圣胡安－德乌拉巴，把那条弯弯曲曲的小路塞得严严实实。

路途中，我又渴又饿。那几小块苏打饼干、几小口水确实能缓解问题，但同时更刺激了我的辘辘饥肠。到达圣胡安时的场面使我想起了村社过节的盛况。这个小巧秀丽的镇子里的所有居民，像是被海风吹出来似的，全都跑出来看我。幸好事先采取了一些措施应对那些好奇的人们。人们聚集在街头想要围观我，警察成功地制止了他们。

我的旅行到此算告一段落。翁贝托·戈麦斯大夫是第一位给我做了详细体检的医生，他告诉了我一个好消息。在体检结束之前他一直忍着没告诉我，因为他想先确认我的身体能否承受得了。他在我脸上轻轻拍了拍，带着和蔼的微笑，对我说：

"已经备好了一架小飞机把您送到卡塔赫纳去。您的家人正在那里等您呢。"

Part 14

大难不死的我成了英雄

我始终不敢相信，一个人变成英雄，仅仅是因为他在一只筏子上没吃没喝地待了十天。我只是没得选。假使那只筏子上配备了淡水、压缩饼干、指南针和捕鱼的工具，那当时我肯定会和现在一样活蹦乱跳的。可若真是那样事情就不同了：我不会被当成英雄。这么说来，我之所以成为英雄，完全是因为在十天十夜的时间里，我没让自己死于饥渴。

我没有什么英勇举动。我只是费尽全力想救自己一命。可我的得救打一开始就被披上了一层霞光，我就像一不小心得到一块糖果那样得到了英雄的头衔，我别无选择，只好把自己的得救和英雄主义什么的一股脑儿全盘照收。

人们总在问我，当英雄感觉怎么样。我一直不知道怎么回答。就我自己而言，我和从前没什么不同。我从里到外都没有什么变化。身上被阳光灼伤的地方已经不疼了。膝盖上的伤口也结了痂。我又成了路易斯·亚历杭德罗·贝拉斯科。对我来说，这就足够了。

变化了的是别人。我的朋友们比以前更友好了。有时候我暗中思忖，我的对头们恐怕也比以前更恨我了，尽管我不觉得自己有过什么仇人。当人们在大街上认出我时，会像观看怪物那样上下打量我一番。因此，我总是身着便装，直到人们渐渐忘记我曾经在一只筏子上不吃不喝漂流了十天。

成了大人物以后，我的第一个感受就是，不管白天还是夜晚，也不管在何种场合，人们总是喜欢让你谈谈你自己的事情。这一点是我在卡塔赫纳海军医院的时候意识到的，他们还给我派了警卫，禁止别人和我交谈。三天后，我觉得自己已经完全恢复了，但我还是不能出院。我知道，一旦让我出院了，就必须把这故事讲给大家听了，因为警卫告诉我，全国各地的记者都涌进了这座城市，来报道我的事迹，要拍下我的照片。其中有一位，他的八字胡耷拉下来有二十厘米长，令人印象深刻，他给我拍了不下五十张照片，可是别人不许他提出任何与我的海上经历有关的问题。

还有一位胆子更大，他化装成医生，骗过了警卫，进了我的病房。他战绩不俗，但那短短几分钟也够他心惊肉跳的。

一则新闻报道背后的故事

能进到我病房里的人只有我父亲、警卫，以及海军医院的医生和护士。有一天，来了一位我之前没见过的医生。他年纪很轻，穿了身白大褂，戴了副眼镜，脖子上还挂了听诊器。他来的时间不合常规，进来之后一言不发。

警卫队的士官迷惑不解地看了他一眼，请他出示证件。这位年轻医生翻遍身上所有的口袋，愣了一会儿，然后说证件忘带了。于是，警卫告诉他，没有医院院长的特别准许，他不得与我交谈。就这样，他们一起去见了院长。二十分钟之后，他们回到了我的病房。

警卫先进了病房，通知我说："这个人得到了特别准许，

177

来给您做十五分钟的检查。他是波哥大的一位心理医生，但我觉得他是个乔装打扮的记者。"

"为什么您会有这样的感觉呢？"我问道。

"因为他惊慌失措的。而且心理医生也用不着听诊器。"

可在此之前，他已经同医院院长交谈了有一刻钟。他们谈到了医学，也谈到了心理学，用的都是些非常复杂的医学术语，很快便谈拢了，所以院方准许他和我聊上十五分钟。

不知道是不是因为警卫的提醒，反正那青年医生再次走进我的病房时，我也觉得他不大像个医生了。可我也不觉得他像记者，话又说回来，直到那时，我还从来没见过一位记者。我倒觉得他像个化装成医生模样的神父。我以为他是不知道怎么开始谈话，实际上他是在琢磨用什么办法支开警卫。

"劳驾您辛苦一趟，去帮我拿一张纸来。"他说。

他或许认为警卫会去办公室找纸。可警卫接到的命令是不能留我一个人。他没有去找纸，而是走到走廊上高声喊道："喂，快拿几张能写字的纸来。"

纸一会儿就送到了。五分多钟过去了，医生一个问题也没问我。在纸拿来之后，他才开始给我做检查。他递给我一张纸，让我画一艘军舰。我画了一艘军舰。他又让我在画上签名，我也签了。接下来他让我画一座乡下的房子，我尽量把房子画得像模像样的，还在旁边画上了一丛芭蕉。他让我签上名。这时我确信他是一位乔装的记者了。可他还坚持说自己是医生。

等我画完之后，他端详了一番那几张纸上的画，含含糊糊地嘟囔了几句，开始就我的遇险提问。警卫插话了，提醒说不允许提这一类问题。于是他检查了我的身体，就像一般医生通常做的那样。他的手冰凉冰凉的。假如警卫碰到这双手的话，一定会把他从病房里赶出去。可我一句话都没说，他那副紧张的神情，还有他可能是个记者这件事，都使我对他抱有强烈的同情。还没待满特许的十五分钟，他便带着那些画飞奔出了病房。

第二天，出大事了！那几幅画被登在了《时代报》的头版，上面还加了些箭头和说明。"我当时在这个地方。"有一条说明这样写道，还用一个箭头指向舰桥。这不是事实，因为我当时并不在舰桥上，而是在舰尾。不过那些画确实出自我手。

他们跟我说我应该出面辟谣，还说我可以起诉他。我觉得这太荒唐了。一个记者敢于乔装成医生闯入一家军队医院，我对他很是钦佩。要是他当时能让我明白他是记者的话，我一定会想办法让警卫到房间外面去的。因为事实上，从那天起，我已经得到许可，可以讲出我的故事了。

故事里的生意经

记者乔装成医生这件离奇的事让我清楚地知道，新闻界对我这海上十日漂流很感兴趣。大众也都很有兴趣。就连我的伙伴们也不止一次地让我讲给他们听。后来我到了波哥大，那时我的身体已经差不多完全恢复了，我意识到自己的生活已经变了个样。我在机场受到了热烈欢迎。共和国总统给我授了勋。他还赞赏了我的英雄壮举。也是从那天起，我知道自己还将留在海军，而且当上了士官生。

此外还有一件我不曾预料到的事：各种各样的广告商都在联络我。我十分感谢我那块手表，它在我整个海上历险中走得十分精准。我没有想到这对手表厂家有所帮助。可他们给了我五百比索，外加一只崭新的手表。因为我嚼过某个牌子的口香糖，又在一个广告里把这事儿说了出来，他们给了我一千比索。我又在另一个广告里提了一下我那双鞋，厂家给了我两千比索，这真是运气来了。电台为了让我在广播里讲自己的故事，又给了我五千。我完全没有想到，不吃不喝在海上漂流十天还能挣大钱。可确实如此：到现在为止，我差不多赚了快一万比索。可即便如此，要让我再去受一遍罪，给我一百万我也不干。

我作为英雄的生活没什么值得一说的。我早上十点钟起床，去咖啡馆和朋友们聊聊天，或者去某家代理商那里转转，他们在以我的海上历险为蓝本制作广告。我差不多每天都会去看场电影。而且总是有人陪着。不过和我去看电影的女人的名字，我就不方便透露了，这属于个人隐私。

每天我都会收到来自四面八方的信件。都是不认识的人寄来的。有一封从佩雷拉寄来的信，署名是首字母缩写J.V.C.，他写了一首长诗，里面提到筏子和海鸥什么的。玛丽·埃德瑞斯，那位当我还在加勒比海上漂流时为我做过一场安灵弥撒的女人，现在也常给我来信。她还给我寄来了一张题了词的相片，就是读者们见过的那张。

我已经在电视上和广播节目里讲过了我的故事。我也对朋友们讲过这个故事。我还对一位年迈的寡妇讲过，她有一本厚厚的相册，邀请我上她家去讲。有些人对我说，这些故事都是我凭空编造出来的。而我是这样反问他们的：那么，我在海上漂流的十天十夜里，又做了什么呢？

RELATO DE UN NÁUFRAGO
by GABRIEL GARCÍA MÁRQUEZ
© GABRIEL GARCÍA MÁRQUEZ, 1970,
and Heirs of GABRIEL GARCÍA MÁRQUEZ
All Rights Reserved.

图书在版编目(CIP)数据

一个海难幸存者的故事 / (哥伦)加西亚·马尔克斯
著；陶玉平译. —— 海口：南海出版公司，2017.6
ISBN 978-7-5442-8914-6

Ⅰ. ①一… Ⅱ. ①加… ②陶… Ⅲ. ①长篇小说-哥
伦比亚-现代 Ⅳ. ①I775.45

中国版本图书馆CIP数据核字(2017)第081124号

著作权合同登记号 图字：30-2017-012

一个海难幸存者的故事

〔哥伦比亚〕加西亚·马尔克斯 著
陶玉平 译

出 版	南海出版公司 (0898)66568511
	海口市海秀中路51号星华大厦五楼 邮编 570206
发 行	新经典发行有限公司
	电话(010)68423599 邮箱 editor@readinglife.com
经 销	新华书店

责任编辑 陈 蒙 黄宁群
装帧设计 韩 笑
内文制作 田晓波

印 刷	盛通（廊坊）出版物印刷有限公司
开 本	850毫米×1168毫米 1/32
印 张	6.25
字 数	95千
版 次	2017年6月第1版
印 次	2017年6月第1次印刷
书 号	ISBN 978-7-5442-8914-6
定 价	35.00元

版权所有，侵权必究
如有印装质量问题，请发邮件至 zhiliang@readinglife.com